KB068564

해바라기의
별

천시용

지음

별과 인간, 순간과 영원, 초월과 순응 그 사이에서

* 스스로에게 들려주는 이야기 *

해바라기의

별

"너희들은 눈멀어버린 해바라기니,

내가 해와 달을 대신해

너희가 우러러볼 별이 되리라."

바른북스

목차

우리의 신을 위한 기도

우리의 신을 위한 기도

———— 모든 것은 하나의 '점'에서 시작되었다. 공간도 시간도 존재하지 않는 무한의 순수, 모든 것이 균등하고 완벽하며 완전의 영역에 가까운 무언가에서부터. 그러나 그것은 완전할 수 없었다. 완전을 위해 하나가 부족했기 때문인데, 그것이 바로 차이라. 모든 것이 안정된 완전함을 추구하는 것은 이 '점'의 특성이 그러하기 때문이다. 그러므로 '점'은 완전해지기 위해 인과를 탄생시켰고, 그 인과가 조그마한 불균등을 낳는다. 하나의 불균등이 들판에 지른 불과 같이 맹렬히 퍼져나가며 자신의 완전함을 위해 더 큰 불균등을 만들고 불평등의 연쇄가 끊임없이 팽창하고 영원히 이어진다. 언젠가 이전보다 완전한 '점'으로 돌아가기 위해서. 그렇게 불완전과 불균등의 미학으로 전체에서 분리된 객체가 탄생하였으니, 객체야말로 전체가 원하던 완전함의 열쇠라. 그러므로 '점'을 변화시킨 첫 인과는 모든 객체, 인지를 가진 우리 모두의 신이며 우리는 언젠가 전체가 온전히 이전보다 완전한 점으로 돌아가게 하기 위해 살아가야 한다.

인지의 장

억겁의 시간과 끝 모를 팽창이 시작된 지 그리 오래 지나지 않았을 무렵, 젊은 우주는 위대한 공허 속에 수많은 신비를 법칙이라는 실로 얽어매어 새로운 빛을 잉태했다.

이 별은 이름 붙여지지 않은 수많은 힘들과 원소들이 모여, 광대한 어둠 속에서 가장 큰 축복을 받았다.

미지의 원소들과 관측 불가능한 힘들이 마치 유기체의 시냅스처럼 에너지와 전기적 교류를 주고받으며 만들어진 이 축복의 이름은 정신, 혹은 의식이라고 부를 수 있으리라.

검보랏빛의 이 젊은 별은 의식을 가진 후로 또다시 기나긴 인고의 세월을 거쳐 이윽고 이 의식을 '자신의 의미'와 '그 외의 존재의 의미'로 나누는, 통찰을 가진 자의식으로 발전시켰다.

자의식을 가진 이 존재는 자신의 모든 부분에 스스로를 투영해 이윽고 자신의 모든 방대한 에너지와, 다른 별들이 가진 유체적 특성에 더해 그만이 가진 고체적 특성을 포함한 자신을 이루는 물질 전부를 원하는 대로 사용할 수 있는 능력을 얻었다.

그는 그렇게 자신이라는, 모든 것에서 분리된 개체로서 온전히 탄생한 순간, 우주보다 광활한 호기심에 사로잡혔다.

그는 주변의 온갖 차가운 돌, 밝은 별, 우주 먼지 구름들과 무시무시한 블랙홀에게 그만의 방법으로 말을 걸었다.

하지만 돌아오는 답변은 존재하지 않았다.

그렇게 그는 가장 큰 축복을 얻었기에 스스로라는 한계로 인해 가장 외로웠다.

그는 외로움을 느낄 때마다, 자신이 그 외의 모두와 다른 이유를 고민했다.

그는 자신이 존재하는 의미를 찾고 싶었다.

그렇게 그는 자신을 둘러싼 아늑하고 끝 모를 어둠과, 그 어둠을 창조해낸 절대적 법칙에 관해 무궁한 통찰을 이어갔다.

이 세상을 만든 것은 존재와 비존재를 동시에 담고 있으며, 그의 이름은 진실 혹은 인과이며 이 세상 안에 흐르는 모든 힘들, 가령 중력과 전자기력 등은 그 인과가 정한 가장 기본적이고 불변하는 법칙, 즉 인과의 성격이자 의지라고 생각했다.

그는 그 의지 가진 인과를 절대적 개체이자 전체, 즉 '신'이라고 부르기로 했다. 젊은 별은 신을 마주하고 싶었다.

그것이 그에게 생긴 첫 번째이자 가장 강한 열망이었다.

그는 그가 있는 공간을 사랑했으나, 끝 모를 우주의 너머를 목도하고 싶었던 것이다.

그렇기에 그는, 자신과는 다른 별과 달과 행성들을 포식하기 시작했다.

그는 다른 물질을 흡수하여 자신의 일부로서 바꾸는, 일종의 생물과도 같은 특성을 체득함으로써 자신의 지혜를 늘려나갔다.

그럴 때마다 그는 더욱 크고 무겁고 강대해졌다.

그가 우주에 존재하는 모든 별들 중 가장 거대해졌을 무렵, 문득 그는 자신의 진화가 한계에 다다랐음을 깨달았다.

　너무 비대해진 자신은 발산되는 빛의 에너지를 충당할 수 없었기에, 다른 질량을 포식하는 것으로는 수명을 유지할 수 없을 것이라는 사실을 느꼈다.

　그는 성장할수록 빠르게 쇠락을 향해 걸어가는 것이었다.

　그는 더 이상 거대해질 수 없었다. 그것이 그가 바라던 신을 알현하는 것, 그 목적을 위한 영원과 멀어지는 길이었기에.

　더 이상 지혜를 늘릴 수 없다는, 신을 마주할 수 없다는 사실을 깨달은 젊은 별은 부르짖었다.

　"제가 존재하는 이유는 무엇이란 말입니까? 당신에게 닿지도 못한 채 무의미하게 스러질 작은 빛은 어째서 다른 빛들과 다르게 태어난 것입니까?"

　그러나 깊고 차가운 어둠 속에선 어떠한 답도 들려오지 않았다.

　그는 우주에 단 하나뿐인 자신의 처지를 원망했다.

이 장대한 세계는 여전히 가슴 아프도록 아름다웠으나, 그 어둠 속에선 이전과 같은 아늑함이 아닌 비어있는 껍데기와 같은 허무감만이 느껴질 뿐이었다.

스스로라는 한계에 부딪힌 채 절망한 그는 생각했다.

'이대로 무엇에도 닿지 못하고 무엇도 되지 못한 채 저 차가운 암흑 속에 잠겨져 가는 것인가? 신에게 답을 갈구하는 자신의 오만함이 증오스럽도다. 아무것도 이루어내지 못하기 위해 게걸스럽게 쌓아온 지혜가 허망하구나. 그러나 무엇보다도, 이 깊은 공허 속에 나만이 존재한다는 것이 견디기 힘들 만큼 외롭다.'

그렇게 곱씹던 그는 문득, 전능한 신이 자의식을 가진 존재를, 그리고 이 넓은 우주를 의미 없이 만들었을 리가 없다고 생각했다.

그것은 인과의 방향성에 잘못이란 있을 수 없기 때문이었다.

그것은 그 자신이 의미를 추구하도록 만들어진 존재였기 때문이었다.

또한 모든 다름은 의미를 가지기 때문이었다.

자신의 이런 사고와 외로움과 절망적일 정도로 고독한 우주, 이 멈출 수 없는 열망까지도 인과의 산물인 것이다.

때문에 그는 결심했다.

그는 거대해진 자신을 수백만의 조각으로 분열시켰다.

하나이자 다수가 된 그는 자신의 빛의 색을 이해해줄, 자신과 유사한 존재를 찾아 수많은 방향으로 날아갔다.

언젠가 자신의 몸이 이해자의 곁에 다다르기를.

그렇게 하나가 아닌 모두가 함께 우주의 너머를 보러 갈 수 있기를.

이 비통하고 소중한 존재의 고독감이 이윽고 끝나기를.

그렇게 바라며 그는 길고 얕은 잠에 빠졌다.

열
망
의

장

어둑하고 퀴퀴한 단색의 방 안에 금 간 창틀 너머에서 백색 햇살이 비쳐 들어오며 체공하는 먼지들을 지나 공간에 색을 가져다준다.

눈꺼풀 너머의 자극에 움찔거리며 눈을 뜬 남자는 망설이는 기색도 없이 낡은 이불을 걷어내며 짙은 베이지색 나무 바닥을 밟고 섰다.

아직 몽롱한 달콤함에서 깨어 나오지 못한 의식을 끄집어내기 위해 그는 욕실로 들어가 따뜻한 물을 틀고 몸을 씻었다.

원래 차가운 물을 뒤집어쓰려 했던 남자는, 오늘이 지나면 언제 온수로 몸을 씻을 수 있을지 알 수 없다는 생각에 하루의 한 조각만 약간의 느슨함을 더하기로 한 것이었다.

욕실에서 나온 남자는 옷을 입고 작업실로 들어갔다.

거기엔 매일의 열정을 쏟아부은, 지난 6년간의 노력의 결실이 걸려있었다.

그것은 은색의 합금을 사용해 내구성을 최소한으로 확보함으로써 기동성을 중시하는 기존의 엑소-스켈레톤들과는 달리 적들과 어느 정도의 정면 전투를 가능하게 만들어줄, 그만의 새로운 갑주였다.

언젠가 보았던 옛 시대의 기사 갑주에서 영감을 받은 그것은, 방풍·방독 헬멧의 모습이 중세 기사의 투구를 연상시킨다는 점에서 남자의 취지를 드러내고 있었다.

그는 갑주와 함께 사용하기 위해 만든, 날 끝에서 초음파를 생성하는 양날검을 장비 보관 가방에 같이 수납한 뒤 무거운 가방을 등에 짊어졌다.

방을 나가기 전, 그는 작업실 한쪽에 걸려있는 실사체 화풍의 소녀 그림에 다가가 그 이마에 입을 맞추고는 엷게 웃으며 말했다.

"금방 데리러 갈게."

남자는 가방을 열고 지원 신청서가 제대로 들어있는지 확인했다.

[탐사대 북부 지구 제1회 대규모 조사 지원 신청서 – 성: 불명 / 출신지: 불명 / 이름: Yan / 나이: 23세^(추정) / 지원 보직: 선봉대원 – 원정 / 특기: 엔지니어링]

그는 시야의 좌측 구석에서 들어오는 '존'의 이질적으로 채광된 반투명한 돔 너머로 보이는 황량한 땅과 버려진 도시를, 그리고 그 너머에 비치는 어둑하게 변한 빛이 넘실거리는 지평선으로 시선을 돌렸다.

남자의, '얀'의 목적지는 그 지평선 너머, 투명한 돔이 만들어지는 곳에 있었다.

11년하고도 6주일 전, 지구에 어두운 빛들이 내려왔다.

지구를 비스듬히 스쳐 지나갈 것이라 예상되었던 그 소행성, 혹은 별의 조각들은 지구와 가까워지자 마치 의지라도 가진 것처럼 속도를 늦추고 경로를 바꿨으며, 대기에 들어서자 수백의 조각들로 분열하여 토지의 경계를 나누듯이 각지와 그 인접한 바다들에 떨어져 박혔다.

충돌 자체의 충격은 거의 없다시피 했으나, 이내 이 운석들은 거대하고 투명한 원형의 장막을 만들어냈다.

이 장막 내에서는 지형이 변하고 빛이 변했으며 안에 존재하는 모든 것들이 생물과 무생물을 가리지 않고 변화했다.

그 속에선 끊임없이 무작위로 불어오는 바람에 실린 무언가가 전류가 흐르는 물체를 과충전시켜 고철로 만들어 버렸으니, 분석가들은 이를 일종의 태양풍과 같은 전자기파 돌풍이라 판명했다.

지구에서 인지하고 있던 모든 것을 비틀어 버리는 괴이한 장막은 나날이 갈수록 거대해져만 갔다.

얀이 살고 있는 지역은 바다를 낀 네 개의 겹쳐진 존에 사방이 둘러싸여 있었는데, 다른 지역들에서 고립되기 전 거리에 떠도는 소문에 따르면 북쪽에 생겨난 가장 거대한 존은 세계 각지에 생겨난 장막들 중에서도 가장 거대한 크기와 팽창속도를 갖고 있다고 분석되었다고 했다.

이윽고 어두운 빛이 내려온 지 3주 가량이 흘렀을 때, 얀은 소녀의 손을 잡은 채 장막 앞에 서있었다.

분주히 움직이는 군인들과 시민들.

아이들 중엔 얀과 비슷하게 장막을 구경하는 무리도 있었다.

얀은 어째서 그가 소녀와 함께 장막을 보러 왔는지는 기억할 수가 없었다. 얀은 소녀의 이름조차 기억이 나지 않았다.

소녀가 어떤 존재인지조차 알 수 없었다.

여동생이었을까?

아니면 우연히 만났던 아이였을까?

기억할 수 있는 것은 그저, 얀이 스스로를 인지하게 됐을 무렵에는 이미 그 소녀와 함께 있었다는 것이다.

기억할 수 있는 모든 과거들 속에 소녀와 그는 손을 잡고 있었다.

가족이 없던 얀과 소녀는 마치 그 외의 세계와 단절된 듯 그의 기억 속에는 소녀의 얼굴 외에는 제대로 기억나는 사람의 얼굴이 없었다.

아마 이 손은 별이 떨어지기 전부터 잡고 있었을 것이었다.

보이지 않는 고리로 연결되어 있는 거야. 그렇게 생각하던 게 기억 났다.

장막 앞에서 소녀와 함께 그 너머를 보고 있던 얀의 귀에 뒤에서 군인들과 시민들이 말다툼을 하던 소리가 들렸다.

아이들이 못 보게 해요! 시민들이 소리 질렀다.

군인 중 한 명이 말했다. 괜찮습니다. 놈들은 장막 밖으로 나오지 못해요. 진정하세요.

장막 밖으로 나오지 못한다.

얀은 그 말을 수십 번이고 곱씹었다.

장막 밖으로 나오지 못한다.

그때, 돔 안쪽에서 무언가의 괴성이 들렸다.

얀과 소녀는 잡고 있던 손에 힘을 주었다.

군인들과 시민들이 그쪽을 돌아본 순간, 이미 그것은 얀과 소녀 앞에 서있었다.

2m를 넘는 거체에 인간의 형상을 한 그것은 검보랏빛 돌의 갑옷을 입은 것처럼 날카롭고 단단한 피부를 가지고 있었으며, 머리는 투구를 쓴 것처럼 후두부 방향으로 두 갈래로 나뉜 뿔이 역삼각형의 이마에서 뻗어 나와있었다.

갑주처럼 보이는 검은 돌 피부 사이로 비치는 거대한 근육들은 마치 생명의 개념이 현현한 것처럼 힘차게 맥동했다.

그것은 그 자리에 있던 누구도 반응하지 못한 사이에 소녀를 살포시 손으로 감싸고는 얀에게서 떨어뜨려 놓았다.

얀과 소녀가 서로에게 손을 뻗은 사이, 군인들이 총을 겨누고 시민들이 소리 지르기 시작한 그 찰나, 얀은 소녀의 입을 보았다.

"날 데리러 와줘."

소녀는 그리 말했다.

그리고 다음 순간, 이미 그들은 시야에서 사라져 있었다.

그 후 세계 각지에서 수십 명의 아동들이 돌발적으로 납치를 당했다는 소문이 들려왔다.

그 사건이 있은 후로 일주일이 채 지나지 않아 지구 위를 떠다니는 모든 인공위성들, 고도를 높여 날면서 존을 넘어가는 비행체들이 원인 모를 것에 의해 전부 격추당했고, 모든 지역은 서로에게서 고립되었다.

많은 이들이 그 후로 연구, 구출, 격퇴를 목표로 거대해져 가는 돔에 들어갔으나, 6년 전 최초의 생존자가 돌아오기 전까지는 그 누구도 그들의 원정을 끝내지 못했다.

아니, 원정이 끝났다는 게 옳은 표현일 것이다.

돔 내에서 비주기적이고 짧은 간격으로 불어오는 태양풍은 전기를 사용해 운용되는 대부분의 재래식 병기를 고철덩어리로 만들어 버렸으며, 인간이 자랑하던 원거리 무기들은 인공위성 사진이 식별

할 수 없었던 존의 깊은 공간, 흔히 심부라고 불리는 곳에 진입하자 연결이 끊어졌다.

존 내에서 변이한 특이하고도 균일하지 않은 성분의 공기는 인간이 맨몸으로 숨을 쉬는 것을 불가능하게 만들뿐만 아니라 불꽃에 높은 반응성을 보였기에 존 내에서 화기를 사용하면 자멸의 위험이 너무 높았다.

기존에 존재하던 대부분의 병기가 그 가치를 잃어버리자 핵폭탄을 사용하자는 의견도 나왔다고 하지만 장막 안에서 그게 발동할 수나 있을지, 발동한다고 해도 그게 효과가 있을지, 발동한 후에 생길 여파가 기존과 어떻게 다를지조차 알 수 없고 만약 핵폭탄이, 그들이 말하기를 '그 안에 숨어있는 악의적인 무언가'들에게 탈취당한다면 어떤 일이 일어날지 몰랐기에 그들은 체념하는 것을 택했다.

그 대신 차세대 무기로서 새로 떠오른 것이 바로 엑소-스켈레톤과 초음파 발산 혹은 초진동 칼날이었다.

전자기파를 차단하는 차폐막 망토와 함께 운용되는 이것은 태양풍이 불어오기 전 사용자의 판단하에 차폐막 망토로 몸을 전부 엄폐하여 태양풍에 노출되는 것을 신속하게 막음으로써 전기의 힘을 미약하게나마 빌리면서도 은밀하고 빠른 기동성과 강력한 힘을 가질 수 있게 하였다.

닿는 대부분의 것들을 잘라내어 버리는 초진동 칼날 역시 강력한 무기인 것은 마찬가지였지만, 인간의 적들은 인간들이 맨몸으로 강화된 냉병기를 들고 있다고 해서 상처를 입힐 수 있는 상대가 아니었다.

그렇기에 전차도 갈라버린다는 그들의 무지막지한 공격을 받아내기보단 공격을 피할 수 있는 속도와 연약한 인간의 근력을 강화하여 적의 두꺼운 가죽을 도려낼 수 있게 해주는 엑소-스켈레톤과의 호궁합, 작은 사이즈로 인해 차폐막 망토 안에 숨길 수 있다는 장점이 부각되어 초음파 검이 떠오르는 무기로 주목받게 되었다.

소녀를 잃은 얀이 엑소-스켈레톤에 관심을 가지기 시작한 것도 6년 전 귀환에 성공한 생존자가 엑소-스켈레톤 효용론을 제시하면서부터였다.

그 전까지 얀은 소녀와의 약속을 지키기 위해 필요한 무기를 만들어내는 데에 골머리를 앓고 있었다.

그러나 가능성 있는 목표가 생기자 얀은 그것을 자신만의 모습으로 만들어내는 것에 집중하기 시작한 것이었다.

그는 몸을 쓰는 일에는 서툴렀으나 머리가 비상했기에, 지난 6년간 길거리를 전전하며 엔지니어링을 배운 그는 이제 와서는 이 북쪽 장막 거리에서 가장 뛰어난 기계공이 된 것이었다.

그는 모든 사치를 끊고 오로지 남은 돈 모두를 자신의 나약한 몸을 강하게 만들어줄 최적의 장비를 제작하는 데에 할애했다.

그리고 그 장비들이 완성되자, 장막 너머를 탐사하기 위해 만들어진 조직–탐사대에 지원하기 위한 기회를 보고 있던 것이었다.

잠깐의 회상을 마친 얀은 서둘러서 탐사대의 기지로 향했다.

오늘을 놓치면 언제 다시 기회가 올지 알 수 없었다.

오늘 초저녁에 최초의 대규모 탐사가 진행될 예정이기 때문이다.

탐사대 기지 중 가장 큰 장막을 마주하고 있는 만큼 가장 거대한 본부인 탐사대 북부 지구가 심혈을 기울여 만든 초경량 엑소–스켈레톤 '쿠스토(Custo)'가 완성시킨 포부였다.

하지만 그것도 오늘 다시 한번 변화를 맞이하리라.

얀이 그들에게 선사할 새로운 형태의 갑주는 그들의 시선을 완전히 강탈하여 얀을 두 팔 벌리고 선봉대로 맞이하게 할 것이 틀림없었다.

그런 생각을 하던 중 탐사대 북부 지부에 도착한 얀은 벽에 걸린 시계를 보고는 자신이 정확히 시간에 맞춰 왔음을 알았다.

머지않아 자신의 이름을 부르는 면접관의 목소리가 들리자, 이내 얀은 당당한 표정으로 자신의 걸작을 피로하기 위해 면접실에 들어갔다.

"선발대에는 불가능하고, 연구지원팀에는 꼭 들어와 주셨으면 합니다."

면접관의 입에서 흘러나온 청천벽력과 같은 결론은 얀의 반고리관을 타격해 균형을 잡기 어렵게 만들었다.

분명히 '기존의 쿠스토와는 다른 어드밴티지를 줄 엑소-스켈레톤'이라는 점과, '자신만이 이 갑주를 완벽히 다룰 수 있다'는 점을 '첫 대규모 탐사에는 모든 가용한 인력이 필요하다'는 점과 합쳐서 확실히 이해시켰음에도 적들-통칭 아포리엘-의 전투적 능력, 특히나 공격적인 부분이 너무나 강력하기 때문에 그들과 정면에서 맞서는 것은 설득력이 떨어진다는 것이 중론이었으므로, 이 갑주와 그걸 만들고 사용하는 얀은 이번 원정이 아닌 다음 원정을 위해 조금 더 테스트를 거친 후에 실전에 투입하는 게 가장 좋을 것 같다는 결론이 나오게 되었다.

쉽게 말해, 대규모 원정에서 바로 사용하기엔 실용성이 부족하고 검증도 안 되었지만 그냥 놔주기엔 아까운 수준이라는 것이었다.

자신을 '진'이라고 소개한 이 아름다운 금발의 면접관이 얀의 전투 경험 부재와 연구동의 인원 부족, 고급 인력인 화이트칼라들의 보호 등을 이유로 선봉대에 합류하는 것을 최종적으로 금지시키자, 얀은 허탈한 표정으로 면접실을 나올 수밖에 없었다.

하지만 얀은 선봉대로 가야만 했다.

그녀를 데리러 가는 것, 처음 품에 안는 것은 다른 이가 아니라 그여야만 했다.

어째서 이렇게 됐단 말인가.

탐사대 지부에서 나온 얀은 부표 없는 밤바다의 표류자와 같이 허망한, 또한 가두어둔 열망이 나올 길 없이 심장에서 맴도는 것을 느끼듯 좌절과 분노에 근접한 감정을 느끼고 있었다.

그는 주머니를 뒤져서 나온 지폐로 몇 년 만에 마시는지 기억도 나지 않는 맥주 한 캔을 사 들고 무거운 가방을 멘 채 장막에서 그리 떨어지지 않은, 과거 그가 그녀를 떠나보낸 곳이 보이는 콘크리트 블록 위에 걸터앉았다.

그는 일하지 않을 때면 언제나 꾸던 꿈을 회상한다.

아니, 그것은 꿈이 아니라 기억이 아닐까.

있었던 기억이 꿈으로 바뀐 건지, 꿈과 기억이 뒤섞여 새로운 기억으로 자리 잡은 건지 알 수는 없었지만 그 내용을 얀은 지금 당장에 겪는 것처럼 생생하고도 현실감 있게 회상해 나갔다.

항상 같은 장소, 잡고 있던 손, 놈들은 장막 밖으로 나오지 못해-라는 누군가의 외침.

딱히 그를 원망하던 것도 아닌데 어째서 그 외침만이 기억 속에서 메아리치는지 얀은 알 수 없었다.

그리고 움직이는 그녀의 입술.

그녀의 목소리를 기억하지 못하는 얀의 무의식은 항상 다른 음색으로 기억을 연주했으나 모두 같은 문장을 반복하는 것이었다.

"날 데리러 와줘."

꿈과 기억이 섞인 몽롱한 과거에 잠겨있던 얀은 이내 멀리서 들려오는 낡은 쇠의 마찰소리에 다시 현실로 끌려 나왔다.

탁 트인 도시 경계선의 곡률 진 호로 보이는 거리 반대편에서 100명이 넘는 대규모의 탐사대가 자주 사용되지 않아서 녹슬고 뻣뻣한 철제 리프트를 타고 돔 앞의 황폐화된 땅으로 들어서는 것이 보였다.

얀은 허탈한 표정으로 이들의 출사를 바라보았다.

그들이 장막 속으로 걸어 들어가고, 버려진 도시의 폐허가 드리운 그림자 아래로 사라진 후에도 얀의 시선은 사그라들지 않았다.

그러다가 그는 이내 가방을 열고 엑소-스켈레톤을 장착했다.

허리에 초음파 장검을 차고, 방독면 투구의 바이저를 내리고 어깨에 두꺼운 차폐 망토를 두른 그는 홀로 팽창 예상지역으로서 접근 금지된 황무지에 내려왔다.

장막 앞으로 다가간 그는 심호흡했다.

그가 10년 가까이 쫓아가기를 지체했던 것은 그가 두려웠기 때문이었다.

존 안에 그를 사냥할 공포가 있다고 생각했기 때문이었다.

어쩌면 다른 이들이 성공할 거라는 불만족스러운 희망 때문이었다.

그녀의 자취만을 생각해도 피어오른 순간의 달콤함을 사랑했기 때문이었다.

이 길 끝에 얻을 계몽이 자신을 변화시키리라는 확신 때문이었다.

하지만 실패의 두려움과 미지의 공포, 씁쓸한 사랑의 자취와 삭막한 희망, 비가역적인 변화조차도 공허한 정신의 밑바닥에 점화된 열망을 꺼트릴 순 없었다.

얀은 마음을 가라앉히고 홀로 장막 안으로 발을 내디뎠다.

장막 안에 들어오자 얀은 마치 얕은 꿈을 꾸고 있는 것 같은 감각을 느꼈다.

방독면을 뚫고 들어오는 무거운 풀꽃의 향기에선 필터에서 덜 걸러진 달콤쌉싸름한 내음이 나고, 땅을 밟는 발에서는 모래를 밟는 건지 물을 밟는 건지 확신할 수 없는 부유감이 느껴졌다.

폐건물들을 옭아맨 이름 모를 식물들은 기괴하고 음산한 형상을 띄는가 싶다가도 자세히 보니 아름답고, 기억에 없는 고향에 온듯한 따뜻한 향수를 풍겼다.

그렇게 이질적인 아름다움에 감탄하고 있자 건물들 사이로 무언가가 지나가는 것이 보였다.

얀은 순식간에 풀어진 표정을 다잡고 긴장하며 허리춤에서 검을 빼 들고 무언가가 지나간 곳으로 걸어갔다.

아포리엘이라고 불리는 적들은 굉장히 강대하고 위협적이지만, 보통 존의 경계선에 가까운 이곳까지 그렇게 자주 오지 않는다.

오히려 이렇게 가까운 곳에서는 변이한 동물이 더욱 위협적일 것이다.

이 장막은 그 속에 있는 생물들의 진화를 촉진시키는 것처럼 그 속의 동물들을 전부 기괴하고 너무도 위협적이게 변화시켰다.

개체 수가 적고 흩어져있는 경우가 많은 아포리엘보다 변이한 야생 짐승들이 탐사대를 해치는 빈도가 월등히 많다는 걸 들어본 적이 있다.

하지만 변이한 야생 짐승들은 주행성이 된다고 하는데, 장막 속을 한 번도 들어와 본 적 없던 얀은 그에 대해 확신할 수 없어 검을 쥔 손에 힘을 넣은 채로 그림자가 지나간 낡은 폐건물 아래의 지상 주차장으로 사용되었을 거라 보이는 장소로 걸어 들어갔다.

기이하게 생긴 넝쿨이 얽힌 부식된 기둥들 사이로 드리워진 그림자는 적은 채광량 때문에 짙은 회색을 띠었고, 바닥과 천장에 아무렇게나 돋아난 녹색과 보라색 빛을 내는 신비로운 퇴적물들이 공간을 옅게 밝히고 있었다.

그림자 속에서 무언가가 옅은 빛이 비치는 곳으로 걸어 나왔는데, 무작위적으로 점등하는 퇴적물들의 빛이 한순간 강해지면서 그것의 실루엣이 확실하게 드러났고, 얀은 숨을 삼킬 수밖에 없었다.

2m가 넘는 거체, 가슴팍을 보호하는 듯 흉부에 두껍게 모여든 검보라색의 갑주와 같은 단단한 외피와 그 아래 요동하는 압축된 근

육, 무엇보다 날카로운 귀를 뒤로 접은 토끼를 연상시키는 투구라 불릴만한 머리 외피의 형태.

아포리엘이라 불리는 존재들은 기본적으로 생김새와 크기가 조금씩 다르다만, 그중에서도 큰 편으로 보이는 이 거체와 특이하게 생긴 저 투구는 잊을 수가 없었다.

지난 10여 년간 수천 번도 넘게 회상하던 꿈의 일부, 그녀를 데려갔던 바로 그 아포리엘이었다.

그것이 숙인 몸을 끌고 빛이 더 잘 비치는 곳으로 걸어서 다가오자, 얀은 초음파 검날에 전원을 넣고 혼자 연습했던 자세, 상체를 숙이고 적의 공격을 왼 어깨로 받으면서 왼 팔목과 팔뚝 사이에 끼이듯 파지한 검신을 적에게 찔러넣는 자세를 취했다.

그러나 그것은 더 다가오지 않고, 거기에 멈춰 서더니 입을 열었다.

그것의 갈라진 바위틈과 같은 얼굴 갑주에 금이 가며 뾰족한 이빨이 난 입처럼 모양을 변화시키더니 지각이 변동하듯 그 입이 열리고 그 안에서 어두운 빛 알갱이가 새어 나왔다.

그 빛들이 그것의 심연과 같은 목구멍을 비추면서 낮은 성인 남성과 어린 남자아이의 목소리가 겹친 음색으로 얀과 같은 언어를 기워냈다.

"너의 선택을 기다리고 있었다, 찢어진 종이의 반쪽이여."

얀은 아포리엘이 말을 한다는 것을 들어본 적이 없었기에 잠시 공황에 빠질 뻔했으나, 이내 정신을 차리고 자세를 가다듬었다.

"얼마 지나지 않은 과거에 내가 소녀를 어두운 빛에 데려갔을 때를 기억한다. 전체의 일부이길 선택한 나에게 자신과 너의 짧은 순간을 탄원한 그녀를 위해서 나는 내 영원을 져버리고 다시 분리된 하나가 되길 택했다. 이전의 자아는 꿈의 저편에 두고 왔으니, 나는 그 순간 새로 태어난 것이리라. 그렇게 분리된 나는 순간을 살아 영원으로 잇기보다, 순간 그 자체에 담기는 영원을 믿어보려고 살아왔다. 지금의 난 영원을 담은 순간을 믿는다. 그렇기에 너의 열망을 보고 싶은 것이다. 시간이 많지 않다. 젊은 별은 너를 갈망하고 있으며 가까이 오고 있다는 것을 안다."

얀은 몸의 긴장을 살짝 풀었다.

눈앞에 있는 이 괴이한 존재가 하는 말이 무엇인지도 알아들을 수 없었고 그것의 정체가 무엇인지도 확실하지 않으나 그것은 분명히 적대적이지 않았으며 대화를 하길 원했다.

얀은 그것에게 물었다.

"당신은 누구야? 그녀를 어디로 데려간 거지? 나한테서 뭘 원하는 거야?"

그것은 얀의 방향으로 한 걸음 더 다가와서 다시 입을 열었다.

"그대가 전체의 일부였을 태고부터 기대되어 왔던 선택의 순간이 임박했다. 그대를 정의할 선택과 그대가 담을 순간이 영원 앞에서 시험받으리라. 그 결정이 낳을 모든 길은 정답이며 그 열망에는 우열이 없을 것이기에, 부딪치는 것은 그대의 몫이 되리라, 온전하지 못한 하나여. 그대가 결정을 내릴 의지와 사그라들지 않을 열망이 있다는 것을 내게 보여다오. 내 분단과 앞으로의 합일이 가치가 있을 것이라 말해다오."

그리 말하며 그것은 상반신을 구부린 허벅지까지 낮추고, 그것의 왼 팔목 껍질이 변형되더니 몸체가 길고 기계가 재련한 듯 세련되고 반듯한 검은 검날이 되었다.

날 중간에는 보라색 빛줄기가 혈관처럼 퍼져 검 그 자체가 맥동하는듯한 위협적인 느낌을 주었다.

얀은 한순간 늦게 그것의 의미를 파악했고, 검을 쥐고 자세를 고쳐잡으려는 순간, 검은 검날이 투구를 뚫고 오른뺨을 스치며 오른쪽 귀의 윗부분을 잘라갔다.

머리에 가해지는 강렬한 충격과 오른쪽 뺨에서 귀까지 분포된 신경을 물어뜯어 대는 절상에 머무르는 작열감이 느껴졌다.

내어진 상처에 비해 훨씬 강렬하게 느껴지는 격통이 자연스레 비명을 쥐어짜 내듯 얀의 목을 압박했고, 준비되지 않은 습격에 동공이 흔들렸다.

긴 찰나가 지나고 검이 투구에서 빠져나가는 순간, 얀은 두꺼운 투구가 날의 궤적을 틀었을 뿐 원래 갈라져 나갈 것은 자신의 오른눈이었다는 것을 알아챘다.

확실하게 상대의 살의를 파악하자, 밑바닥 없는 공포가 잡아끄는 무형의 손아귀가 되어 허리춤을 붙잡았다.

뚫려버린 투구 사이로 들어오는 유독한 공기가 시야를 좀먹고, 호흡은 불안정한 라디오의 주파수처럼 들쭉날쭉해졌다.

하지만 그런 모든 상황은 얀의 판단을 흐릴 뿐, 판단하려는 의지 자체를 없애진 못했다.

얀은 침착하게 뒤로 뛰어 거리를 벌리면서 검으로 차폐 망토 끝자락을 찢어 부서진 투구의 틈에 마구잡이로 끼워 넣어 틈으로 정제되지 않은 공기가 들어오는 것을 막았다.

오른쪽 눈의 시야가 막히고 숨 쉬는 데에 지장이 생겼지만 싸우지 못할 수준은 아니었다.

문제는 적의 속도에 있었다.

방어형 엑소-스켈레톤이냐 기동형이냐의 차이가 아닌, 인간의 신경으론 반응조차 할 수 없는 속도.

이것에 대응할 수 있는 방법은 상대의 행동을 먼저 예측하는 것 뿐이었다.

다행히도 방금 전의 일격으로 상대의 노림수가 한 합의 절멸이라는것도, 방어형 엑소-스켈레톤이 그 공격의 궤적을 틀 수 있다는것도 알았다.

갑주 형태의 방어구는 베는 형태의 공격에 강하고 관통하는 형태의 공격에 약하다.

적도 그 구조적인 약점을 본능적으로 파악하여 찌르기를 내질렀으리라.

그렇다면 적의 예상보다 갑옷이 단단했다는 것이 되고, 그다음의 목표는 오차를 발생시킬 보호구가 약하면서도 일격에 치명상이 될 수 있는 부위.

즉, 높은 확률로 목에 대한 찌르기일 것이다.

한순간에 여기까지 판단한 얀은 다음 공격 동작을 파악하기 위해 주의를 적의 검날에 집중했으나 얀이 인지한 것은 놈이 시야에서 사라지며 바닥에 남은 도약자국과 포탄이라도 발사한 것처럼 몸에 강하게 전해지는 고속이동으로 발생한 충격파뿐이었다.

반응하기 힘든 속도로 시야 밖으로 가는 것은 이중의 기습을 위함이다.

그리 생각한 얀이 뒷목에 검을 사선으로 세워 방어하자마자 검과 뒷목에 검을 잡은 손이 부서질 것 같은 충격과 저릿한 흔들림이 가해지면서 얀의 몸은 앞으로 수 미터가량 날아가 기둥에 처박혔다.

겨우 정신을 차린 얀의 검에는 구멍이 뚫려있었고, 목의 보호대가 변형되어 뒷목의 근육을 파고들어 온 것이 느껴졌다.

놈이 또다시 공격하기 위해 팔을 치켜들었다.

이게 마지막 기회야, 얀은 곱씹었다.

놈의 공격을 왼 어깨의 보호대로 막으면서 그 기세대로 검날 끝에 목이 찔리게 유도하는 것이다.

얀은 오른 검지로 자루의 스위치를 돌려 검의 초음파 발생량을 최대로 높였다.

배터리의 사용량이 신경 쓰였지만, 여기서 아끼다간 확실하게 죽는다.

잠시간의 긴장되는 순간이 흐른 후, 놈이 다시 도약했고 얀이 놈을 다시 인지했을 땐 이미 놈은 그의 앞에 도착해 있었다.

초음파 검날은 일전의 일격으로 고장이 나있던 것인지 놈의 목과 가슴 사이의 단단한 피부에 얕게 꽂혀서 작동을 중지한 상태였다.

놈의 검날은 얀의 어깨 보호대를 관통하고 어깻죽지를 꿰뚫은 후에도 계속 파고들어 가 얀의 가슴을 통과하여 척추를 깨부수고 등 뒤까지 튀어나와 있었다.

얀의 뒤늦게 충격을 인지한 몸이 온기를 잃어버리고 관통당한 심장의 고동이 멎어가는 것이 느껴졌다.

격통을 느낀다는 것을 인식하고 있었으나 신기하게도 아픔이라는 것에 크게 주의가 쏠리지 않았다.

얀의 의식이 둔탁하게 심연으로 가라앉기 시작했을 때, 그의 대적자가 입을 열었다.

"그대의 열망이 내 피부를 타고 흐른다. 삶의 가치를 인지하되 그것을 저울에 놓을 의지를 보았다. 힘의 차이로 말미암은 공포를 인정하되 구애받지 않는 정신을 느꼈다. 그대의 심부를 꿰뚫은 팔에 그대의 심장보다 깊은 근원에서 나오는 채워지길 바라는 공허한 외침이 느껴진다. 내 분단이 가치가 있었으니, 이제 내가 그대의 심장으로써 선택을 함께하는 하나가 되리라."

그렇게 말한 그것은 몸이 분열되며 여러 개의 조각들로 변하였고, 그 팔이 꿰뚫은 심장과 닿은 검, 부순 갑주에 박혀 스며들기 시작했다.

검보랏빛 고동이 육체에 흘러넘치는 것을 느끼면서, 얀은 따스한 새 고동 속에서 얕은 잠에 빠졌다.

자
유
의
장

린은 회갈색의 차폐막으로 둘러싸인 삼 평 남짓한 간부용 개인 막사에서 홀로 배급된 옥수수 베이컨 스프와 라자냐를 먹고 있었다.

이미 수차례 경험한 단기원정 중에는 이렇게 홀로 보내는 저녁식사 시간만이 마음에 안정을 가져다주는 한때였으나 지금은 뒤숭숭한 상념들을 가라앉히기가 쉽지 않았다.

그것은 비단 이것이 별이 떨어지고 수많은 군대와 원정대가 장막 너머로 사라진 뒤 소강상태를 맞이한 지 거의 9여 년 만에 처음 진행되는 장기원정이기 때문만은 아니었다.

그보다는 내일 진행할 '연구용 아포리엘 포획 및 이송' 임무에 지원을 했다는 점과 그 사실을 원정대 최고 간부 중 하나이자 친언니

이기도 한 '진'에게 발각되어 저녁식사가 끝난 후 진의 막사로 면담을 하러 가야 하기 때문인 점이 더 컸다.

아직 절반도 채 먹지 않은 라자냐에 깨작대던 포크질을 멈춘 린은 식기를 내려놓고 자리에서 일어났다.

물로 입을 헹군 뒤에 손거울을 꺼낸 그녀는 딱히 꾸미지 않아도 누구나 시선을 뺏길 만큼 앳되고 아름다운 얼굴을 대충 훑어 얼굴에 튀거나 묻은 게 없는지 확인하고는, 빠르게 끝내자는 생각을 갖고 자매의 막사로 향했다.

진의 막사에 들어가니, 린은 이미 식사를 끝내고 커피를 마시며 작전 설명서를 보고 있는 그녀를 발견할 수 있었다.

진은 린을 보고는 환하게 웃으며 말했다.

"린! 왔구나. 여기 앉아볼래?"

린이 자리에 앉자 진은 시시콜콜한 이야기부터 늘어놓기 시작했다.

자기 부대장이 자꾸 추파를 던져 화가 났다던가, 3번 발전기가 어리바리한 신입의 부주의로 태양풍에 노출될 뻔했다던가, 라자냐가 너무 싱거워서 스프에 담가 먹어야 했다던가 하는, 이지적이고 냉철한 고위 간부의 이미지를 확고히 가진 진이 하는 것이라고 믿기지 않을 정도로 귀엽고 평범한 이야기들이었다.

적어도, 진이 실제로 어떤 사람인지 모르는 대부분의 인간들이 상상하는 이미지와는 전혀 다른 것이었지만, 린에게는 이게 평범한 진이었다.

린은 진심으로 즐거워하며 끊임없이 이야기하는 진을 보고는 자신만이 가지고 있는 듯 보이는 어색함의 무게에 눌린 것처럼 불편해하다가 이윽고 진의 말을 끊고 본론을 뱉었다.

"언니, 내일 임무 말이야…."

그 말을 듣자 진의 표정이 약간은 화가 나있는 무뚝뚝한 것으로 순식간에 바뀌었다.

그러나 린은 아랑곳하지 않고 말을 이어나갔다.

"난 무슨 일이 있더라도 가야겠어. 언니가 좋든, 싫든. 이게 내가 지난 5년간 원하던 내 모습이야."

진은 잠시 린을 바라보더니 이내 자리에서 일어나 담배에 불을 붙였다.

공기 정화기가 가동되지 않는다면 필 수도 없는 물건이었으나, 상당한 골초였던 그녀는 항상 원정 중에도 담배를 가져와서 막사에서 피워댔다.

그녀가 깊게 담배연기를 머금었다가 내쉬고는 천천히 입을 열었다.

"너, 아포리엘과 전투해본 적 있어?"

보통 단기원정을 나간 경우에 아포리엘과 전투를 경험하게 되는 이는 많지 않다.

그것은 존 속으로 깊숙이 들어가지 않는 경우 아포리엘이 전투에 소극적이 되기 때문이었으며, 탐사대가 주로 상대하게 되는 적들은 변이한 야생의 짐승들이었다.

물론 이 짐승들 또한 어마무시하게 강력하고 사나웠기에 탐사대의 안전은 결코 보장되지 않았다.

오히려 아포리엘들과 전투를 하는 경우 그들은 얼마 싸우지도 않고 도망가 버리기 때문에 훨씬 생존확률이 높았다.

그러나 린 또한 이미 베테랑이라 불릴 만큼의 단기원정 경험을 쌓아온 전투원이기에 당연히 아포리엘과 대치한 적이 몇 번 있었으며, 진 또한 그것을 보고서를 통해서나 린의 입을 통해 들어서 알고 있었다.

그럼에도 진이 그런 이상한 질문을 던졌다는 것에 살짝 흥분한 린은 큰 소리로 대답했다.

"당연하지! 일전의 3일 원정에서도 아포리엘과 전투를 했는걸."

그 말을 듣자 진은 잠시 머뭇거리더니 이내 결심한 듯 표정을 다잡고 말했다.

"그런 장난스러운 떠보기 말고. 사활을 건 전투 말이야. 아포리엘들은 어째서인지 특정한 장소에 도달하기 전에는 인간과 제대로 싸우지 않아. 그 이유도, 그 경계선이 무엇을 기준으로 하는지도 우린 알지 못해. 우리가 아는 것이라곤, 그들은 마치 경고하듯 어떠한 장소들이나 깊이에 가까이 갈수록 점점 전투의 강도가 강해지다가, 스스로 판단했을 때 물러설 수 없다는 생각이 들면 제대로 싸우기 시작한다는 거야. 3년 전, 내가 히가시 대장님의 부대장으로 원정에 참여했을 때 일어난 일을 말해줄게. 기밀이기도 했고, 부끄럽기도 해서 말하지 않고 있었는데, 너에겐 이제 말해줘야 할 것 같아."

3년 전, 고 히가시 대장과 진이 다녀왔던 원정이라면, 20명에 달하는 히가시대에서 진을 제외한 대원이 전멸하고, 진은 유용한 정보를 가져왔다는 공으로 대장으로 승급한 그 원정을 말하는 것이었다.

세간에도, 린에게도 야습한 아포리엘이 부대를 전멸시키는 것을 본 진이 용기 있게 맞서 그것을 쓰러뜨렸다고 알려져 있었다.

과거 그 내막에 대해 린이 진에게 물어봤을 때에도 진은 대답을 피하며 공식 발표한 이야기들과 별다르지 않은 이야기를 들려주었었고, 린은 진에게도 동료가 살해당하는 것은 힘든 경험이라 생각하여 그 이상 파고들지 않았던 일화였다.

그러나 지금 진은 그 이야기와 전혀 다른 내막을 알리려고 하고 있었다.

"우리 부대원들은 도망치는 아포리엘 하나를 쫓고 있었어. 녀석은 좀처럼 볼 수 없는, 보통의 아포리엘보다 키가 조금 더 큰, 2m가 넘어가는 거구였어. 너도 들어본 적은 있을 거야. 평범한 아포리엘보다 조금 더 큰 녀석들의 이야기를. 하지만 이들도 막상 전투에 들어가면 다른 녀석들과 큰 차이가 없지. 우린 어렵지 않게 놈을 협공하여 상처를 입히고 도망치는 놈을 필사적으로 쫓아갔어. 너도 기억하고 있겠지만, 히가시 대장은 바다 건너에 있는 고향으로 돌아가기 위해 정보조사 임무에 과할 만큼 적극적으로 임했었으니까. 그때 우리 임무는 바로 아포리엘의 혈액을 채취해 본부로 갖고 오는 것이었지."

사실 아포리엘의 전투력이 어느 정도인지 정확히 알려진 바는 없었다.

과거 재래식 병기들로 무장한 군대가 참패하고 몇 안 되는 생환자들이 귀환했을 때는 폭발을 감수하고 발포한 전차의 포탄을 도약해서 피하고, 두꺼운 전차 벽을 맨손으로 찢어발겨 안에 있는 사람을 납치해 갔다고 들었으나, 탐색대가 마주한 아포리엘의 전투력은 그 정도라고 볼 순 없었기에 보통 탐색대원들은 그 이야기들이 공포와 과장이 섞인 진술이라고 여기고 있었다.

녀석들의 신체적 능력은 탐사대원들의 전투 보고서와 놈들이 가끔 장막 끝자락에서 어슬렁거릴 때 도시 방어용으로 세워둔 포탄을 멀리서 피하는 속도를 관찰한 것에 기반하여 계산된 수치였다.

과거에도 수차례 아포리엘을 쓰러뜨리는 데 성공했다는 말들이 있었지만, 그 일들은 직접 그들을 퇴치한 당사자들의 진술 거부나 전투에 대한 과장 혹은 미화 등의 문제로 아포리엘의 신체적 능력을 가늠하는 공식적인 자료로서 채택되지 못했다.

다만, 아포리엘 퇴치에 성공한 이들의 공통된 주장은 아포리엘들은 사망할 경우 재가 되어 흩날려 버린다고 한다.

진이 이야기를 이어나갔다.

"우리가 당시 장비하고 있던 엑소-스켈레톤은 비스타(Vista) 모델로, 지금 우리가 사용하는 쿠스토의 65%가량의 성능을 내는 물건이었어. 비스타는 지금의 쿠스토처럼 아포리엘에게 대적할 수 있다는 확신을 심어주기엔 부족한 물건이었으므로, 우리는 20명 모두가 하나의 진영으로 뭉쳐 아포리엘을 기습해 팔과 다리를 절단하고 놈이 변형하기 전에 밀봉킷에 그 피를 담아낸다는 작전을 수행 중이었는데, 아무도 실제로 아포리엘의 피라는 걸 본 적이 없었기에 우리는 녀석들의 피가 혈관에서 벗어나면 기화된다고 가정했지. 그렇게 시작된 작전은, 단일 개체로서 움직이는 아포리엘을 색적하기 쉽게 대낮에 시행됐어. 알겠니? 야습 같은 건 애초에 없었던 거야. 우린 그렇게 크기가 큰 아포리엘을 색적하는 데 성공했고, 비스타를 착용했음에도 수적 우위로 인해 놈을 쉽게 몰아세울 수 있었어. 히가시 대장님의 고무적인 지휘 아래에서 녀석이 도주한 폐허도시의 지하상가로 내려간 우리는 거기에서 우리를 기다리며 우두커니 서있는 녀석과 마주하게 됐지. 놈은 더 이상 도망치지 않았어. 20명이 쫓아 오고 있었는데, 고작 한 놈이면서도 물러서지 않는 거야. 우린 그걸 이상하게 생각하지 않고 그저 지쳤겠거니 싶어 놈이 체력을 회복하기 전에 일제히 공격했고, 나를 포함한 후열의 인원들이 무슨 일이 일어났는지 알아채기도 전에 전열의 세 명이 팔다리가 전부 잘리고 가슴에 구멍이 뚫린 채 쓰러졌어. 문제는 우리 장비의 속도가 아니었어. 녀석의 속도가 문제였지. 인간이라는 생물이 가진 동체시력으론 따라갈 수 없는 속도로, 죽음처럼 날카로운 검을 아름다울 정도로 수려하게 휘둘러댔어. 맨 뒷열에 있던 나는 무슨 일이 일어난 건지 인지하자마자 동료들을 버리고 상가 안쪽에 기어들어 가서 숨었어. 난⋯ 난 거기서 죽을 수는 없었어. 널 놔두고 죽을 수는⋯."

진은 담배를 마저 피우는 것조차 잊어버린 채 어딘가를 바라보며 공허한 눈으로 생각에 잠겼다가, 이내 파르르 떨리는 입술을 살짝 깨물고는 담배를 한 모금 피우고 이야기를 마무리했다.

"내가 숨은 지 몇 초가 채 지나지 않아 싸움의 소리⋯라기보단 일방적인 학살의 소음이 멈췄어. 하지만 아무리 지나도 녀석이 자리를 뜨는 소리는 들리지 않았지. 그래서 나는 숨어있던 곳에서 고개를 빼서 녀석을 훔쳐봤어. 녀석은 우리 대원들과 히가시 대장의 가슴에 뚫린 구멍에 검은 무언가를 넣고 있었어. 그게 넣어진 이들은 검푸른색 고치 같은 것에 둘러싸여 버렸고. 아마 그건⋯ 잘 모르겠어. 일종의 소화과정 같은 것이었을까? 그걸 지켜보고 있는데, 갑자기 녀석이 내 쪽으로 얼굴을 돌렸어. 난 너무 놀라고 무서워서 바로 다시 어두운 구석으로 기어들어 가 숨었어. 녀석의 발걸음이 가까워질 때마다, 분명히 들켰을 거라고, 지금이라도 도망가거나 하다못해 싸우면서 죽어야 한다고 생각했지. 그런데 몸이 말을 듣지를 않더라. 다리에 힘이 풀리고 팔로 할 수 있는 것이라고는 검을 집는 게 아닌, 내 숨소리가 새어나가지 않게 입을 틀어막는 것뿐이었어. 그리고 놈의 발걸음 소리가 내 바로 옆에서 멈추고, 놈이 손으로 내가 숨은 진열대의 곰팡이 핀 옷을 밀쳐내고 나를 마주 봤어. 나는 내가 죽을 것이란 걸 알고 있었어. 전신에 무력감이 찾아왔고, 너무 피곤했어. 그 가면… 투구처럼 생긴 얼굴에 눈이 어디 있는지는 모르겠지만 그것이 내 눈동자를 보고 있다는 게 느껴졌어. 공포감 때문이었을까? 아니야, 어딘지 모르게 안심감이 드는 그 시선에 부끄럽지만 난 주저앉은 채 소변까지 지려버렸어…. 녀석은 그 후로도 나를 몇 초간 바라보더니, 그냥 그대로 아무렇지도 않은 것처럼 떠나버렸어. 난 그 자리에서 기절했고. 정신을 차렸을 때는 녀석도, 대원들을 감싸던 고치도 시체도 전부 사라져 있었지. 정말 신기했던 건 내가 깨어난 시각은 밤이었고, 폐허도시의 지하에는 밤이 되면 변이한 짐승들이 기어내려와 잠을 청하기에 존에서 가장 위험한 장소 중 하나잖아? 하지만 내가 깨어나 밖으로 나올 때까지 난 변이한 짐승들을 한 마리도 보지 못했어. 운이 좋았던 걸지도. 난 그 길로 쉬지 않고 도망쳐서 복귀했던 거야."

린은 믿기 어려울 만큼 기묘한 진의 고백에 어떤 반응을 보여야 할지조차 알 수 없었다.

찰나 동안 자신이 임무에서 빠지길 바라는 마음에서 거짓 이야기를 꾸며내는 건가 의심도 해보는 린이었지만, 진의 갈 곳 잃은 시선에 담긴 오묘한 감정은 린을 향한 것이 아니었기에, 그것이 이 이야기가 사실임을 암시할 뿐이었다.

그렇다면 아포리엘들이 지금 이 순간 우리를 도륙 내지 않는 것도 그들이 그것을 원치 않았기 때문이라는 게 되는 것인가.

그것들이 인간을 죽이는 건 자신을 죽이려 하거나 자신의 영역에 침입했을 때뿐이라는 게 되는 건가?

린이 엉켜있는 실타래를 만진 것처럼 복잡한 생각을 하던 중, 진이 말을 이어나갔다.

"녀석들은 우리가 생각하는 것처럼 아무 이유 없이 인간을 죽이는 짐승들이 아니야. 우리와 말을 섞어본 적은 없지만, 분명 우리와 소통을 할 수 있는 지성이 존재한다고 생각하고, 우리에게 무조건 적대적인 건 아닐 수도 있다고 생각해. 어쩌면 최초에 별들이 내려왔을 때 서로가 단추를 잘못 끼웠을 뿐일지도. 라고 하기엔 존에 삼켜져 당시에 사라져버린 사람들만 셀 수도 없이 많은 것을 생각한다면 그냥 내 착각일 가능성이 높겠지만. 하지만 그들을 생포한다는 건 이야기가 전혀 다른 일이야. 그들 중 하나를 죽일 수는 있을지 모르겠지만, 생포는 결코 불가능하고, 분명 부대가 전멸해버릴 거야. 지휘부는 쿠스토의 성능을 과신하고 있고, 몇 년째 확실한 성과 없는 탐사들로 인해 세금을 지원하는 시민들의 원성에 압박받아 너무 성급하게 무언가 보여주려고 하고 있어. 아무리 인원이 많고 강해졌다곤 하지만, 아포리엘은 인간이 잡아둘 수 있는 존재가 아니야. 그러니까 린, 내일은 가지 말아줘. 부탁이야." 진은 잠시 린을 바라보더니 말을 고쳤다. "아니, 그래도 네가 가겠다고 억지를 부린다면 내가 못 가게 막을 거야. 하나뿐인 가족이 죽으러 간다는 것을 놔둘 수는 없어."

린은 잠시 깊은 고민 속에 시선을 바닥으로 떨어뜨렸다.

자신이 탐사대에 들어온 지난 5년간의 일, 그 이전의 근본적인 부분까지 이어지는 질문을 자신에게 던졌다.

어째서 그녀는 어린 나이에도 불구하고 목숨을 거는 일을 하는 것인가.

타국에 유학을 왔다가 고립되어 버린 어린 두 자매의 생존 사활은 장녀인 진에게 고스란히 맡겨져 있었다.

진은 여동생을 지키기 위해서라면 어떤 위험한 일이든 할 준비가 되어있었고, 당시 막 창단되기 시작한 탐사대의 최연소 지원자로서 수많은 훈련과 정보수집에서 이른 나이에 수재로서의 두각을 나타내었다.

이윽고 이 타국의 땅에서 북부 지구의 희망이라고까지 불리는 입지에 서게 된다.

린은 그런 진을 자랑스럽게 생각하며 또한 강하게 동경했기에, 탐사대의 이념이나 희생에 대한 무게에도 불구하고 입대를 결정하게 되었으니, 린은 자신의 혈육과 동등하거나 혹은 그 이상의 재능을 가졌다고 평가받으며 이제는 낯설지 않게 된 이국의 토지에서 생활을 이어나갔다.

린은 그렇게 살아오면서 희생과 인내 같은 답답한 사상이 아닌, 인간의 것이었던 자유를 되찾는다는 이념에 매료되어 자신의 첫 지원 동기와 개인적인 요소들을 넘어 진심으로 자신의 삶에 그것을 깊이 받아들인 것이었다.

그렇기에 그녀는 자매가 자신을 한 명의 전력으로서 인정하여 더 이상 자신이 보호받는 입장이 아닌, 세계와의 교류를 잃고 살아가는 터전을 뺏기고 무너진 치안에 혹사당해 칠흑 같은 밑바닥에 떨어져 버린 인간이 앞으로 나아갈 수 있게 해주는 눈으로서 대해주길 바랐던 것이다.

물론 진이 린을 지키기 위해 곁에 두는 것은 더할 나위 없이 짙은 사랑에 의한 것임을 린도 잘 알고 있었지만 그 사랑이 자신의 나약한 마음으로 하여금 자아를 실현하는 데에 주저하게 만드는 것이라면 린은 그 사랑마저 넘어서 갈 각오가 있었다.

자신의 근원을 떠올림으로써 결심이 선 린은 진에게 말했다.

"그런 상황이었구나, 우리들은. 정말 몇 년 동안이나 탐사하고 연구하고 훈련했는데도 우린 정말 아무것도 아는 것이 없구나. 하지만 그렇기에야말로 나는 가야 해. 난 인류를 위한 눈이 되기로 결심했으니, 내가 보지 못한다면 결국 인류는 이 암흑 속에서 길을 잃고 말 거야."

그러자 진이 크게 화를 내며 말했다.

"너의 어리광을 고수할 때가 아니란 말이야! 확실하게 죽을 거고, 다음은 없을 거야. 한때의 생각으로 부딪힐만한 일이 아니라는 거야. 사람들은 너의 재능이 최고라고 칭송하지만 지금의 너나 나보다 뛰어났던 사람들은 이전에도 있었고 지금도 있어. 이전에 있던 그런 사람들은 존의 심부로 향했다가 결코 돌아오지 못했지. 지금 있는 뛰어난 인재들은 너를 대신해 이번 임무에 가담하게 될 거야. 내 말을 들어, 그러면 머지않아 나에게 감사하게 될 테니까."

린은 자신의 결심과 자신의 삶의 지표로서 정한 것이 어리광으로서 치부되어 받아들여지지 않는 것에 격노하고는 소리 지르듯이 말했다.

"설령 내가 가는 걸로 변화를 일으킬 수 없다고 해도, 혹은 좋지 않은 방향으로 바뀐다고 하더라도 나는 가고 말겠어. 그게 내가 정한 나의 의의니, 다른 사람이 그에 대해 판단하는 건 참견일 뿐이야! 그게 언니라고 해도! 내가 정한 나의 삶은 탐사대, 순수히 인류를 위한 길이야. 특정한 누군가를 위해 다른 사람의 목숨을 좌지우지하는 언니보다 내가 훨씬 순수하고 올곧은 병사니까!"

그러곤 막사를 나가는 린의 뒤로 진의 고함 소리가 들렸다.

"네 이름은 선발대 명단에서 뺄 거야! 가기만 해봐, 명령 불복종으로 아예 추방시켜 주겠어!"

린은 자신의 막사로 돌아가며 터지려는 눈물을 눈살을 찌푸리려가며 삼켰다.

물론 자신의 결의를 알아주지 못하는 진이 서운하게 느껴지기도 하였으나, 그것보다도 내일 자신이 선발대로 간다면 사랑하는 언니를 마주 보는 것은 이번이 마지막일 수도 있었는데 순간의 감정을 이기지 못하고 마지막으로 그녀에게 분노를 뱉었다는 것이 너무도 안타까웠기 때문이었다.

하지만 울고 있을 시간이 없었다.

진은 분명히 자신의 이름을 명단에서 제외할 것이었다.

막사로 들어온 린은 군장을 싸고, 전투복을 입은 채 선발대가 출발할 이른 새벽까지 잠깐 눈을 붙이려고 했다.

공식적으론 탈영이 되겠지만 몰래 야영지를 빠져나가 선발대에 합류하면 작전이 끝날 때까지 들킬 일은 없을 것이다.

자신이 왜 이렇게까지 해서 이 임무를 하려 하는지는 자신도 몰랐다.

그 이유를 생각해보던 린의 눈에 먹다 남은 수프와 라자냐가 들어왔다.

린은 잠시 머뭇거리다가 이내 라자냐를 수프에 찍어 한입에 욱여넣고는 잠시 의자에 기댄 채로 선잠이 들었다.

꿈속에서 린은 나뭇가지에 앉아있었다.

어디선가 본듯한 드넓은 푸른 들판에 홀로 서있는 나무는 밝은 햇빛을 받으며 산들바람에 흔들렸다.

햇빛이 린의 눈을 사로잡고, 그 뜨거운 열기에 괴로워하면서도 그 아름다움에 이끌려 린은 손을 뻗었다.

하지만 손으로는 태양을 잡을 수 없다.

그 곁에 가기 위해서 날개가 필요했기에, 린은 나뭇가지에서 뛰어올라 날개로 활강했다.

뒤에서는 서늘한 산들바람이 떨어지는 날개를 받쳐 올리고 등을 밀어 그녀를 하늘 높은 기류에 태웠다.

기류에 오른 린은, 자신이 날 수 있게 도와줬으나 이제는 한기를 몸에 얽어오는 이 강풍을 벗어나고 싶었다.

린은 바람을 따돌리기 위해 더욱 힘차게 날갯짓했다.

날개를 흔들수록 태양에는 더 가까이, 바람과는 더 멀어졌다.

린은 어째서 시원한 바람에서 벗어나고 싶다고 생각했던 것일까.

린의 눈은 태양에 고정되어 있었다.

아마 저 태양에 손을 뻗는 것과 같은 이유가 아닐까.

그렇게 생각하던 린은 작열하는 햇빛에 감싸이며 잠에서 깨어났다.

텐트 밖은 아직 어두웠다.

진은 새벽녘 출발하는 25명의 선발대의 얼굴들을 전부 하나하나 면밀하게 확인했다.

선발대장에게 앞뒤 없이 동생이 오면 작전을 멈추고 데려오라고 할 수도 없었고, 그렇다고 상황을 설명하자니 당신들은 모두 죽으러 가는 건데 내 동생은 그 꼴을 낼 수 없다라고 하는 이야기가 되어버리니 참 곤란한 상황이 아닐 수 없었다.

그렇기에 그녀는 방독면을 장착한 모두의 얼굴을 면밀하게 확인했고, 그중에 동생이 없었다는 것을 확신한 뒤에야 안심하고 그들의 출발을 허용할 수 있었다.

돌아오는 길에 린의 막사에 잠시 들른 그녀는 여전히 잠겨져 있는 린의 차폐 텐트 앞에서, 살짝 들춰 볼 수 있는 고정대 옆의 차폐막 끝자락을 최대한 들어 올려 안을 살펴봤다.

어두워서 잘 보이진 않았으나, 확실히 침낭 속에 무언가 큰 것이 들어가 있는 게 보였다.

진은 린이 화를 삭이고 잠이 들었겠거니 생각하며 자신의 막사로 돌아간 것이었다.

린은 미리 몸을 숨긴 채로 야영지에서 빠져나와 선발대를 지켜보고 있었다.

그녀는 들키지 않게 막사의 잠금장치를 걸고, 내부의 랜턴을 끈 다음 침낭 속에 무기 정비 도구들을 적절하게 배치해서 언뜻 보면 누군가가 들어가 있는 것처럼 착각하게 만들고 야영지의 차폐막을 빠져나온 것이다.

예상대로 진의 수색이 있었고, 얼마 지나지 않아 진이 선발대를 출정시키자 잠시간 그들과 조금 거리를 둔 채 그들의 속도에 맞춰 엑소-스켈레톤을 조정하고 달리다가, 십여 분간 달린 후에 속도를 올려 선발대장을 불러세웠다.

"죄송합니다, 살짝 늦었습니다. 언니의 만류를 마지막까지 설득하고 오는 데 시간이 걸려버렸습니다."

선발대장은 린을 지긋이 보더니 이내 알겠다고 수긍하며 린을 추가하고 새롭게 진형을 짰다.

그들의 목표는 아포리엘을 생포하는 것이었기 때문에, 현재 지점부터 큰 타원을 그리며 비스듬하게 존의 심부로 접근하면서, 가능한 한 단독으로 행동하는 아포리엘을 발견하고, 교전하여 포획한 후 본부로 이송하는 것까지가 임무였다.

작전을 듣고 넓은 대형으로 이동을 개시한 린의 옆에 배치된, 방독면 너머로도 앳된 눈이 뚜렷하게 비쳐 보이는 청년이 린에게 조용히 말을 걸었다.

"린 씨, 진 씨 몰래 빠져나온 거죠? 괜찮으신 건가요?"

린은 당황함을 감추지 못하고 말을 더듬으며 변명했다.

"아니아니, 그럴 리가요! 마지막에 설득에 성공하고 온 거라구요!"

그러자 청년은 잘생긴 얼굴에 장난기 어린 표정을 띄우면서 대답했다.

"그렇게 감출 필요 없어요. 어차피 여기 있는 사람들 대부분은 알고 있을 걸요? 진 씨는 한번 정한 걸 절대 바꾸지 않으니까 존경받는 거라구요. 그리고 마찬가지로, 결사의 각오로 여기에 온 모든 이들이 린 씨의 의견을 존중하기 때문에 아무도 딴지를 걸지 않는 거예요.

다만 저는 그냥 궁금해서 묻는 거랍니다."

린은 부끄러움에 얼굴을 물들이고는 청년의 눈을 피했다.

시선이 내려가자 청년의 목에 걸린 은색의 십자가가 반짝였다. 청년은 린이 대답을 하지 않자 이해한다는 듯이 말했다.

"뭐, 여기서 작전이 잘 풀린다면 불문에 부쳐질 수도 있겠죠. 참, 당신은 유명하니 저는 당신을 알지만 당신은 저를 모르겠군요. 저는 이경환이라고 합니다. 한때 진 씨의 부대에 소속되어 있었죠. 뛰어난 사람이지만, 꽉 막힌 구석이 있잖아요, 진 씨는? 아 물론 욕하려는 것은 아닙니다만."

그렇게 떠들고 있는 경환을 보니 린은 어느새 복잡한 마음이 가라 앉는 느낌을 받았다.

급하게 생각할 것도, 복잡하게 생각할 것도 없었다.

그저 인류를 위해, 자신이 옳다고 느끼는 것을 할 뿐.

여기 선발대에 있는 모두가, 저기서 경황없게 떠들어대는 경환조 차도, 자신이 믿는 옳음과 자신만의 의의를 모아 이곳에 있는 것이 었기에, 린은 자신이 여기에 스며들어온 것에 전혀 이질감이 느껴지 지 않았으나, 자신이 있을 곳이 여기가 맞는지에 대한 의구심이 조 금 들기 시작했다.

뭔가 달라, 내가 원하던 것은 이것과 조금 거리가 있다.

그렇게 생각한 린이었으나 그것에 변화를 주기에는 늦어버렸다고 생각했다.

선발대는 그렇게 폐허가 된 도시의 깊은 어둠을 지나 건물이 무너져 내리고 검은빛이 침식하기 시작하여 건물과 도로들이 사막처럼 바스러지기 시작한 황무지로 빠르게 빠져나왔다.

그즈음에 장막에 굴절된 하늘의 빛깔이 푸르스름하게 물들기 시작하고, 동쪽 지평선 너머에서 거대한 빛줄기들이 새어 나오기 시작했다.

기본적으로 존 내부에서 변형된 수많은 짐승들, 혹은 그 짐승들이 낳은, 태어날 때부터 변이하여 나오는 괴물들은 다른 모든 존재들과 마찬가지로 에너지를 흡수함으로써 삶을 유지하나, 이들은 에너지를 다른 무언가를 먹음으로써 섭취할 뿐만 아니라 태양열 발전을 하듯이 강한 광원 주변에서 에너지 흡수를 위해 변이한 각자만의 기관을 전개해 살아가는 데에 필요한 동력을 충전한다.

그 말인즉슨, 짐승들은 하나같이 주행성이 된다는 것이고, 낮에 건물이 없는 황무지가 밤의 도시보다 위험하다는 말이 된다.

하지만 여기까진 작전대로였다.

짐승들은 아포리엘들과 어떤 관계인지 밝혀진 바는 없으나, 이들은 존의 심부 주변까지는 이동하지 않는 듯하였다.

또한 심부에 가까워질수록 아포리엘이 많고, 심부에서 멀어질수록 만날 확률이 확연히 줄어든다는 정찰의 보고가 있었다.

그렇다면 단일 개체로서 행동하는 아포리엘을 색적할 수 있는 가장 효율적인 방법은 심부와 조금 떨어진 지점에서 심부를 감싸는 원을 그리듯이 돌며 수색을 이어나가는 것이었다.

다만 너무 많은 수가 이동하면 자고 있던 짐승들을 자극할 확률도 있고, 아포리엘들에게 쉽게 노출당할 가능성도 있었기에 25명 남짓한 인원만이 별동(別動)하는 것이었다.

선발대가 새벽에 출발한 이유도 그것이었는데, 선발대원들이 출발 전에 휴식을 취할 수 있는 시간이 있으면서도, 해가 뜨기 전이기 때문에 건물 속에서 자고 있을 변이한 짐승들을 피해 안전하게 황무지까지 나올 수 있게 된다.

해가 뜨기 시작하면 황무지에서 빠르게 이동하면서 짐승들이 멀리까지 나오기 전에 그것들이 오지 않는, 심부와 충분히 가까운 곳까지 이동할 수 있으리라는 심산이었다.

해가 뜨기 시작했다는 것은 그들이 빠르게 도심에서 거리를 벌리는 데 필요한 시간이 그리 많이 남지 않았다는 것이었다.

부서져 가는 석면과 콘크리트를 밟으며 빠르게 이동하던 선발대였으나, 얼마 가지 않아 엑소-스켈레톤에 부착된 어깨 벨트가 진동하기 시작했다.

이것은 주변 대기 중 강한 전류의 흐름을 읽어, 태양풍이 그들을 덮치기 수 초 전에 미리 경고하는 알람이었다. 모든 선발대원들은 재빨리 검과 장비의 전원을 끄고 차폐 망토로 몸을 가리면서 웅크렸다.

눈 깜짝할 새에 강력한 전자기 돌풍이 그들을 덮쳤고, 선발대의 시야를 가렸다.

강력하게 휘감겨오는 거센 바람과 따가운 모래들에, 무거운 장비를 걸치고 웅크린 몸들이 하나둘씩 엎어지기 시작했다. 태양풍이 지나가고 시계가 개이자, 엎어진 선발대원들은 다시 자리에서 일어나서 장비에 전원을 넣기 시작했으나, 대열 외곽의 한 대원이 갑자기 모두를 불렀다.

선발대의 이목이 그곳으로 집중되고, 쓰러진 대원은 당황한 채 움직이지 않고 있었다. 그는 앉은 채로 몸을 방호하다가 돌풍에 밀려 옆으로 쓰러진 자세로 앉아있었는데, 그 손이 짚은 곳에 높게 쌓여 있던 석면과 모래가 세찬 바람에 휘날리면서 그 아래에 있는 생물이 드러났던 것이다.

길고 복슬복슬한 꼬리와 회백색의 털, 기다랗고 늘씬한 몸에 비교적 작은 머리.

과거 족제비과의 담비라는 종으로 분류되었던 이 생물은 별의 영역에서 자의적이지 않은 진화를 거듭했고, 진화 전의 모습과 사뭇 달라진 점이 몇 가지 생겨났다.

우선 가장 크게 두드러지는 점은 그 크기였는데, 평범한 성체 곰보다 훨씬 거대한 크기를 가지게 된 이 생물체는 갑작스러운 진화에 몸의 일정 부위가 따라가지 못한 듯, 거대해진 전신을 회백색의 털 아래에 모두 감추지 못하고 드문드문 그 아래의 흉측하게 뒤틀린 검보라색의 표피와 맥동하는 혈관들을 드러낸다는 점이었다.

두 번째는, 그들의 사냥감들 또한 사납고 강하고 거대해졌기에, 서로의 에너지를 흡수하기 위해 발톱이 전투에 적합한 형태로 변했다는 것이었다.

하나의 발톱이 돋아나 있어야 하는 자리에 두 개나 세 개의, 장검처럼 기다란 발톱이 기묘하게 돋아난 발은 마치 두더지의 앞발을 억지로 여러 개 묶어 붙여놓은 듯 징그럽고 위협적이었으며, 그들의 머리는 태양광을 받기 쉽게 얼굴의 가죽이 갈라져 안에 들어있는 두개골이 드러날 수 있게 되어있었는데, 그들의 뼈는 빛을 굴절시키기 쉽게 하기 위해 크리스털처럼 투명하고도 단단해졌다.

마지막으로, 대부분 존 내에서 변이된 짐승들은 혼자 살아가는 법이 없었다.

혼자서는 인간도 짐승도 취약하기 때문이리라.

린은 즉시 검을 뽑아 들어 초진동검날을 작동시켰으나, 선발대장이 린을 저지했다.

이곳에서 담비와 싸우게 된다면 시간이 끌리고 소란이 발생해 다른 짐승들에게 노출될 수도 있다.

싸움은 좋은 선택이 아니었으나, 그렇다고 짐승에게 동료를 버리고 갈 수도 없는 노릇이다.

대장이 고민하는 사이, 이른 아침의 소란에 이제야 슬며시 잠에서 깬 담비가 눈꺼풀을 열고 보랏빛이 도는, Y 자 모양으로 갈라진 동공을 드러냈다.

이내 인간들을 보고 화들짝 놀라 거리를 벌리고는 여우 수십 마리가 한 번에 짖는 것 같은 크고 위협적인 소리를 내기 시작했다.

그러자 얼마 떨어져 있지 않은 곳에서 다른 담비 세 마리가 먼지를 털고 깨어나 동족의 곁으로 달려왔다.

이 상황에서 싸움 없이 벗어나는 법은 없다고 봐도 무방했는데, 그것은 이 짐승들이 다른 생물체의 에너지를 게걸스럽게 갈구하는 포식자로 거듭나며 굉장히 난폭해졌기 때문이었다.

이들과의 싸움을 피하는 방법은 이들보다 강해 보이는 수밖에 없는데, 담비보다 덩치가 작은 인간들이 그들을 생김새로 위협하기란 쉽지 않은 일이었다.

대장은 이내 결정을 내렸다는 듯이 검을 꺼내 들어 전원을 넣었고, 그걸 본 모든 대원들도 검을 빼 들고 전원을 넣었다.

검들이 진동하며 내는 소리가 모여 새들이 시끄럽게 지저귀는 듯한 소음을 냈고, 담비는 그 소리에 흥분한 듯 벌려지려고 하는 안면 거죽 사이로 탁한 침이 흘러나오고 있었다.

이내 린이 가장 먼저 맨 앞의 담비에게 달려들었고, 담비가 휘두르는 치명적인 앞발을 빠른 속도로 수그리면서 피하고, 검을 녀석의 어깻죽지에 박아 넣은 후에 도려내듯 빼내어 녀석의 왼쪽 앞발 자체를 몸에서 절단시켜 버렸다.

쿠스토를 입은 인간은 매우 빠르고 강력했다.

담비는 비명을 지르면서 만개하는 꽃처럼 얼굴 가죽을 벌리고 입을 크게 벌려 린의 머리를 깨물려고 했다.

린이 뒤로 도약하여 그걸 피함과 동시에, 대장이 담비의 머리에 강하게 검을 내리쳤다.

검은 담비의 왼쪽 눈과 코, 턱을 강타했으나 완전히 부수지는 못하고 거대한 금을 남겼다.

다른 대원들은 뒤의 담비들과 싸우며 수적으로 녀석들을 완전히 밀어붙이고 있었다.

린과 대장은 순식간에 치고 빠지기를 반복했고, 수 초 지나지 않아 린이 방금 대장이 낸 담비의 머리에 난 금에 검을 강하게 내리쳐 코와 턱을 한 번에 절단시킬 수 있었다.

하지만 여기서부터가 난점이었다.

담비의 부서진 머리와 잘린 팔, 베어진 상처들이 빠르게 아물기 시작했다.

이곳에서 변이한 생물체들은 모은 에너지를 한곳에 저장하고, 어떤 생물들은 아예 그 기관을 통해 판단 및 인지를 하기까지 하는데, 그 기관은 보통 심장이었다.

그들은 심장을 없애기 전에는 모아둔 에너지들로 상처를 아주 빠르게 치유하는데, 그 치유력은 개체별로 달랐으나, 심장을 인식의 핵심으로 둔 생물들은 잘려나간 머리를 재생하기까지 하였다.

즉, 담비를 여기서 확실하게 죽일 수 있는 방법은 털과 근육과 뼈로 단단하게 지켜지고 있는 심장을 꿰뚫는 수밖에 없었다.

린은 녀석이 완전히 재생할 시간을 주지 않을 요량으로 빠르게 짐승의 품에 파고들었으나, 성급하게 움직인 탓에 날아오는 오른발을 신경 쓰지 못했다.

대장이 옆에서 빠르게 끼어들어 내려치는 앞발을 검으로 막아냈고, 린은 그 기회를 놓치지 않으며 검을 짐승의 심장에 찔러 넣으려 했으나, 심장을 감싸는 가죽과 근육은 생각보다 너무 단단했고, 스스로를 지키려고 온몸을 비트는 놈의 작은 심장을 노리기는 어려웠다.

첫 번째 찌르기가 빗나가고, 칼날은 가죽과 근육을 깊게 헤집고 심장까지의 길을 열어젖혔으나 심장에 닿지 못했다.

왼팔이 재생된 담비는 4m에 살짝 미치지 못하는 기다란 몸을 들고 뒷발로 서서 높이로서 자신의 심장을 지키려 했고, 담비의 얼굴과 가슴 근육은 재생되고 있는데 시간이 너무 많이 끌리고 있었다.

저 가슴 근육과 가죽이 모두 재생된다면 시간이 더욱 지체되고, 부대의 전멸로 이어질 수 있었다.

린과 대장은 말을 하지 않아도 노리고 있는 바가 같았다.

하지만 목표가 너무 높아 닿을 수 있을지가 의문이었다.

대장이 먼저 담비의 오른발을 노리고 파고들었으나, 괴물이 상체를 살짝 숙이며 강력하게 오른팔로 공격해오자 대장은 빠르게 몸을 비틀어 휘두르는 팔을 간신히 옆으로 피하며 휘두르는 팔에 검을 쑤셔 넣을 수 있었다.

담비의 왼팔 역시 대장을 향해 휘둘러지자 린은 그때를 놓치지 않고 미끄러지면서 파고들어 가 담비의 왼 다리 두꺼운 가죽 안에 드문하게 비치는 보라색 피부를 찢고 초진동 날을 깊이 쑤셔 박을 수 있었다.

짐승이 괴성을 지르며 한쪽 무릎을 꿇자 심장의 높이가 노릴만할 정도로 내려왔으나, 아직 닿을 수 있으리라고 확신할 수는 없었다.

그래도 지금밖에 없다, 그렇게 생각한 린이 대장과 순간적인 눈빛의 교류로 소통하고 그가 숙여준 어깨를 밟은 순간, 괴물이 다시 몸을 비틀며 다른 쪽 무릎을 꿇었다.

뒤의 담비를 상대하고 있던 경환과 선발대 4명이 자신들이 맡은 담비를 쓰러뜨린 후 린과 대장을 도우러 온 것이었다.

그들이 박은 검 두 자루는 담비의 오른 다리를 난도질해 놓았다.

이제 심장의 높이는 확실히 닿을 만큼 내려와 있었고, 린은 밟고 있던 대장의 어깨를 박차며 높이 도약하여 아물고 있는 녀석의 가슴 가죽과 근육들을 다시 한번 헤집고 뼈를 갈아내며 심장에 확실하게 날을 박아 넣었다.

심장에서 물줄기가 새어 나오듯 무게감이 느껴질 것 같은 빛줄기가 넘쳐흐르며 담비의 몸이 색을 잃어 거뭇해지고 재와 같이 푸석푸석하게 갈라져 공기 중에 흩날리기 시작했다.

다른 담비들 또한 선발대가 문제없이 처리를 끝낸듯했다.

역시나 선발대에 지원한 실력자들의 모임답게 부상병들은 없다고 봐도 무방할 정도로 얕게 다쳤지만, 시간이 너무 많이 지체되었고, 소음이 너무나 크게 발생했다.

해는 그 위광을 뽐내며 모습을 드러냈는데, 아직 도심에서 완전히 멀어지지 못한 선발대의 귀에 짐승들이 울부짖는 소리가 들려왔다.

그러고는 멀리 있는 반쯤 기울어진 빌딩의 음영에서 괴이하게 생긴 짐승 한 마리가 그들을 발견하고 뛰어오기 시작했다.

그 뒤를 따라 굉장히 많은 수의, 비슷하게 생긴 짐승들이 그것을 따라왔다.

그 수는 오십에 가까웠다.

대장이 명령을 내리지 않아도 각자 무엇을 해야 하는지는 알고 있었다.

대장이 자신 역시 달리기 시작하면서 외쳤다.

"될 수 있는 한 가장 빠르게, 심부와 직선이 되게끔 뛰어!"

그들이 달린 지 어언 1시간이 넘고, 중간에 네 번이나 태양풍 방호를 한 끝에 대장은 더 이상 뛰지 않아도 된다는 신호를 내렸다.

아무리 엑소-스켈레톤의 도움을 받고 있다고 해도 1시간 이상 달리는 건 너무도 고단한 일이었기에, 선발대는 모두 앉아서 잠시간의 휴식을 만끽하고 있었다.

하지만 대장의 표정은 방독면 너머로 보기에도 별로 좋아 보이지 않았는데, 린이 그에게 그 이유를 물어보자 대장은 별것 아니라는 듯이 답했다.

"아니, 아까 전까지 우리를 쫓아오던 녀석들은 늑대야. 늑대는 크기가 그리 변하지는 않았지만 달리는 속도와 체력, 후각과 폭력성이 극도로 발달했어. 이전에 녀석들에게 쫓겼을 때는 몇 시간 동안 달리기만 한 적도 있었지. 그런데 너무 빠르게 따돌린 것 같아. 이게 쿠스토의 성능인 건가? 아니면 뭔가 내가 모르는 것이라도 있는 건가?"

비스타가 쿠스토의 100%와 비교하여 65%가량의 성능밖에 나오지 않는다는 점을 고려해도, 그것은 근력, 각력, 내구성을 모두 포함한 수치였기 때문에 실제로 속도에 있어서는 그리 극적인 차이는 나지 않았다.

그럼에도 늑대 무리를 쉽게 따돌린 것이 찝찝한 것이리라.

린도 비스타를 착용하고 소수의 늑대와 교전해본 경험이 있었기에, 그들의 위험싱이나 먹이에 대한 집착은 잘 알고 있었다.

그들은 아마 수만 많다면 존 내부의 모든 생물들 중 가장 위험할 것이었다.

린과 대장이 그런, 어찌 보면 쓸데없는 생각들을 하고 있는 중에 정찰을 하고 있던 병사가 대장에게 돌아와 말했다.

"목표를 찾았습니다. 바로 추격할까요?"

대장은 고개를 끄덕이고 선발대를 모두 집합시켜 완전히 사막화되어 모래밖에 없는 능선 위로 올라섰다.

능선 너머의 하늘은 구름 아래에 또 다른 거뭇한 구름들이 하늘에서 들어오는 빛을 빨아들이며 그 아래의 모든 땅에 그림자를 드리우고 있었고, 땅은 모래만 가득한 사막이 끝나고 단단한 지반이 나왔다.

갈라지고 푸석해진 지반은 검보랏빛으로 침식되어 가고 있었으며, 점점 심부에 다가갈수록 강렬한 보랏빛을 띠고 있었다.

그 끝도 없을 것처럼 넓게 펼쳐진 침식지의 끝에, 본대의 목적이 있었다.

아직 인간은 밟아보지 못한 영역이 있는 것이다.

하지만 선발대의 목표는 그것이 아니었다.

정찰병이 인도한 방향을 살펴보니, 300m가량 떨어진 능선 아래, 침식지에 걸친 경계 부근에서 홀로 거뭇한 구름을 멍하니 올려다보고 있는 아포리엘을 발견하였다.

선발대는 장비와 무기의 전원을 끄고, 최대한 소리를 죽여 이동했다.

이동하는 중 어깨에 달린 알림이 진동했고, 전자기 돌풍이 불어닥쳐 선발대가 차폐막을 몸에 감싸 엄호를 한 후에도 아포리엘은 여전히 미동도 없이 하늘만 바라보고 있었다.

이윽고 아포리엘의 후방 10m가량 되는 거리에 도착하자, 선발대는 일제히 대장의 신호하에 장비에 전원을 넣었다.

그제서야 뒤를 돌아본 아포리엘은 앞뒤 잴 것 없이 도망가기 시작했다.

자신에게 닥칠 운명을 직감한 것이리라.

굉장히 빠른 속도로 필사적이게 도망가는 아포리엘을 쫓기 위해 선발대는 장비의 출력을 최대치로 올리고, 바싹 뒤쫓아가기 시작했다.

얼마 도망치지 않아 아포리엘은 바위로 둘러싸여진 경사로를 뛰어내려 가기 시작했고, 선발대는 주저 없이 그 뒤를 따라갔다.

이내 대장이 힘차게 도약하여 녀석의 다리에 검날을 박아 넣었고,

아포리엘의 다리가 허벅지에서부터 떨어져 나가며 그것이 앞으로 고꾸라졌다.

녀석이 쓰러진 몸을 일으켜 세우려 하자 대장이 선발대에게 지령을 내렸다.

"놈의 사지를 잘라서 구속구를 채워! 빠르게 완료하고 돌아가야 한다!"

그 명령이 떨어지자마자 한 선발대원이 비명을 지르듯 외쳤다.

"위… 위입니다! 위를 조심해요!"

그 외침에 모두의 시선이 위를 향했고, 선발대들은 움푹 파인 경사로를 깎아지르듯 둘러싼 높은 바위들 위에 서있는 아포리엘들을 볼 수 있었다.

이들은 마치 탐사대의 작전을 애초에 눈치채고 일부러 그들을 유인한 듯 매복하고 있던 것이었다.

선발대장의 얼굴이 당혹스러움과 뒤늦은 깨달음, 그리고 약간의 공포로 일그러졌다.

선발대가 자세를 잡기도 전에, 8체의 아포리엘들이 높은 바위에서 그대로 떨어져 튼튼한 두 다리로 안정적으로 착지했다.

인간이었다면 산산조각 났을법한 그 높이를 아무렇지 않게 떨어질 수 있다는 것으로 이들의 육체적 능력을 짐작할 수 있었기에, 그 행위만으로도 둘러싸인 선발대의 투지를 꺾기에는 충분했다.

선발대장에게 다리를 잃은 아포리엘이 어느새 다리를 재생시키고 그들을 마주 봤다.

그 아포리엘은 매끈한 얼굴에 균열을 만들어 인간의 입과 같이 생긴 구조를 생성해내고, 거기서 보라색 빛의 입자들이 나오며 균열 속의 어두움을 신비롭게 비췄다.

하지만 충분히 당황한 선발대장은 그들이 무언가를 시작하는 것을 기다려줄 여유를 잃어버렸었기에, 검을 든 팔의 자세를 고쳐잡고 선발대원들을 고무시키며 돌격을 지시했다.

전투는 그리 오래 지속되지 않았다.

선발대의 새로운 장비인 쿠스토의 속도는 최대 출력을 설정했을 때 인간의 몸이 아포리엘의 속도를 유사하게나마 따라갈 수 있게 해주는 것은 사실이었으나, 인간의 동체시력을 일정 수준밖에 보완해주진 못했기 때문에 아포리엘들의 속도를 끊임없이 눈으로 따라가기란 불가능했고, 결과적으로 그들에게 제대로 반응할 수 없었던 선발대는 이렇다 할 유의미한 타격을 입히지 못하고 무력화되어 갔다.

그들의 검날에 하나하나 대원들이 쓰러져 갈 때, 린 역시 자신에게 몰아쳐지는 공격을 부서져 가는 검으로 버텨내기 급급했기에 다른 이들보다 조금 오래 선방할 뿐 전투의 흐름을 바꿀만한 역할을 수행하진 못했다.

린이 아포리엘의 검날을 받아내고 있을 때, 그녀의 시야 외곽에 전투지의 가장자리, 경사로의 끄트머리에서 궁지에 몰리고 있는 경환을 발견했다.

그 순간, 린은 지금 자신이 내릴 수 있는 최고의 판단을 떠올렸다.

그녀는 왼쪽 옆구리에서 휘둘러지는 아포리엘의 검을 진동 날의 진동을 끈 채 오른쪽 팔과 왼쪽 어깨를 검날에 대고 막아내며, 일부러 살짝 도약하여 발을 땅에서 떼어냈다.

아포리엘이 휘두른 검격이 린의 몸을 전투의 혼란 밖으로 밀어냈고, 린은 날아가며 굴러 충격을 완화시켰다.

자신을 날려 보낸 아포리엘이 자신에게 걸어올 때, 린은 자신의 검에 최대한의 진동을 출력시키고 멀리서 경환을 몰아붙이며 뒤를 보이고 있던 아포리엘의 머리를 향해 있는 힘껏 던졌다.

린의 단련된 완력을 폭발적으로 끌어올려 주는 쿠스토의 기술력에 힘입어 날카로운 곡선을 그리며 날아간 검은 경환을 공격하던 아포리엘의 뒷목에 박혀 그것의 뒤에서부터 목의 근육과 척추, 코와 턱뼈를 분쇄하며 앞으로 튀어나왔다.

큰 타격을 입은 놈은 검을 들고 있는 자세 그대로 무릎을 꿇고 인형처럼 주저앉아 버렸다.

갑작스러운 요행에 어찌할 바를 모르던 경환은 검이 날아온 방향을 보고서야 린이 던진 검이라는 것을 알아챘다.

린은 경환이 자신과 눈을 마주친 순간, 방독면을 벗고 그에게 있는 힘껏 소리 질렀다.

"가서 본부에 알려! 빨리, 뛰어!"

말을 마치자마자 린의 왼쪽 쇄골에 아포리엘의 검이 박혔다.

몸을 감싸던 쿠스토의 합금판이 너무도 쉽게 도려내지고, 방독면을 벗음으로써 거기에 달린 동작 감지기능의 혜택을 받지 못한 린이 반응할 수 있기도 전에 그녀의 무릎 아래가 절단되며 상상하지 못했던 극한의 고통이 격류가 되어 그녀의 뇌를 덮쳤다.

그녀가 허약한 인간이었다면 쇼크로 죽었을지도 모를 노릇이었다.

그나마 최소한의 목표를 달성했다는 안도감, 방독면이 없이 점점 옥죄는 숨통과 절단된 오른 무릎에서 올라오는 아찔한 격통이 합쳐져 그녀의 의식을 흐릿하게 만들었다.

확실한 죽음을 직감한 그녀는 무릎 꿇은 채로 자신을 내려다보고 있는 아포리엘을 올려다보았다.

선발대를 선택한 것에 여전히 후회는 없었지만, 막사에 진을 위해 편지라도 놓고 올 걸 그랬다 정도의 후회는 있었다.

이윽고 그녀의 앞에 서있던 아포리엘이, 얼굴에 균열을 만들고는 아까처럼 그 입처럼 생긴 기관에서 입자를 내뿜었다.

그것은 천천히, 린에게 더욱 가까이 다가와서는, 검처럼 변형된 손을 다시 인간의 손처럼 돌려놓고서는 그 손으로 소중한 것이라도 되는 양 린의 얼굴을 쓰다듬었다.

린은 처음에 당황하였으나, 놀랍게도 점점 따뜻한 그 손이 생이별한 부모의 그것과 닮아있다는 느낌을 받으며 흐려져 가는 의식 속에서 그 안락한 어루만짐을 받아들였다.

그리곤 그녀의 귀에 상상도 못할 것이 들려왔다.

"왜 그렇게 슬퍼하니, 강한 아이야?"

그 말, 그 부드러운 여성의 목소리를 듣자 린의 의식은 각성제를 흡입한 것처럼 또렷해졌으나, 숨이 막힌다거나 절상의 고통이 느껴진다거나 하는 것은 전혀 신경 쓰이지 않게 되는 것이었다.

고통이 사라진 신비로움을 눈치채지도 못한 채, 린은 당연하듯이 그녀와 같은 말을 하고 있는 눈앞의 존재를 바라보았다.

"당신들, 말을….”

린의 앞에 있는 그것, 혹은 그녀는 린의 말을 자르며 말했다.

"네가 진정으로 원하는 것이 무엇인지 알려다오. 네가 평생을 찾아 헤매었으나 잘못된 곳에서 구해버린 그 존재 가치를 내게 알려다오.”

린은 그 말에 대답할 수 없었다.

그것에 대답이라도 하는 순간 자신이 지금 가까스로 붙잡고 있는 정신이 무너지고, 자신이 변해버릴 것 같은 두려움이 느껴졌기 때문이었다.

그 두려움은 자신이 지금껏 정답이라고 알고 있던 것을 부정하는 것과 유사했기에, 그녀는 마치 눈앞의 존재와 둘만이 세상에 남은 것 같은 이 분위기 속에서 그녀에게 자신의 있는 속내를 전부 털어놓기를 참았다.

아니, 이제 참고 있는 것인지 단순히 용기를 내지 못하고 있는 것인지조차 헷갈렸다.

자신의 모든 감각과 이성이 뒤바뀌고 있는 느낌이었다.

린의 눈앞에 있는 존재가 다정하게 말했다.

"때로는 용기에서 변화가 나오기도 하지만, 변화에서 용기가 나오기도 하는 법이야."

그러고는 그녀의 날카로운 검이 린의 심장을 꿰뚫었다.

린은 자신을 꿰뚫은 검신에 보라색의 빛이 흘러 린의 몸에 들어오고 있다는 것을 깨달았다.

죽음이 찾아오는 듯 시야가 암전되다가, 다음 순간 찬란한 빛으로 감싸이며 의식이 명료해졌다.

시간이 매우 느리게 흘러가는 것이 느껴졌고, 자신의 생각이 공중에 떠다니는 글자가 되어 그것이 소리가 아닌 형태로 자신의 앞에 서있는 이에게 공유되는 것이 느껴졌다.

눈앞에 빛의 구조가 보이기 시작하고, 무수히 많은 것에 이어진 안락한 결속감이 만져질 듯 생생하게 전해져 온다.

린의 앞에 서서 그녀를 꿰뚫고 있는 아포리엘은 겉으로 보기엔 여전히 미동도 없는 것으로 보였으나, 린은 이제 그들이 계속 무뚝뚝하게 서있던 것이 아닌, 끊임없이 말을 걸기 위해 노력했다는 걸 알 수 있었다.

그녀의 앞에 있는 존재는 개체이자 단체, 개인이자 대리자였다.

그가 그녀에게 하사하는 것은 죽음이 아닌 재탄(再誕)의 기회였다.

그가 단체로서, 다정한 남성과 부드러운 여성의 목소리가 섞인 음색으로 그녀에게 물었다.

"아직도 주저하는 거니, 아이야? 어떤 털어놓지 못한 진실이 너를 괴롭히는지 내게 말해주렴."

그 말에서는 그녀를 향한 순수한 사랑이 느껴졌고, 진을 포함해도 자신을 이렇게 순수하게 사랑해주는 존재가 있었을까 하는 의문이 들 정도의 따뜻함이었기에 린은 어머니의 품에 안겨 죄를 고백하는 아이와 같은 심정이 되어서, 그 볕처럼 온화하고 이해 깊은 목소리에 울면서 탄원했다.

"제가 훌륭한 병사로서 인류의 눈이 되고 싶다는 건 사실 가장 진실된 바람이 아니었어요. 전 그저 언니에게, 그리고 다른 사람들에게 누구의 보살핌도 필요하지 않은 독립된 한 인간으로서 있기를 바랐어요. 저는 그저… 모든 것에서 자유롭고 싶었어요. 언니와의 혈연으로서 받는 기대, 저를 부양하기 위해 험한 길을 택해버린 그녀에 대한 죄책감과 그에 비례하는 선망, 그리고 숨 막힐 정도로 감싸안는 사랑. 그 모든 것으로부터요. 저만의 의미를 찾는 여정을 떠나고 싶었어요. 진정 자유로워지고 싶었어요. 어째서 저는 그럴 수 없었나요?"

그러자 린의 앞에 선 그는 그녀의 머리를 쓰다듬으며 아이의 사소한 실수에 가르침을 주는 자상한 아버지와 같은 목소리로 말했다.

"자유라는 것은 모든 풀려날 수 있는 속박으로부터 벗어난 상태를 말한단다. 그것이 너의 가족이 너에게 주는 사랑이든, 너를 실현시키기 위한 의미이든 간에 말이야. 가장 순수한 형태의 사랑에 의사라는 방향을 부과함으로써 사랑은 순수함을 잃고 사슬로 변한단다. 가장 위대한 형태의 자아실현에 의심이라는 불순함이 섞이면서 의미는 빛을 잃고 공포라는 족쇄로 변하지. 하지만 인간들은 이것을 풀 수 없어."

린은 어느새 오열하고 있었다.

그녀가 눈물 섞인 목소리로 부르짖었다.

"어째서요? 어째서 우린 진정 자유로워지지 못하는 것인가요?"

린의 앞에 선 그-혹은 그녀-의 목소리가 점점 변해갔다.

"왜냐하면 인간들은 진정한 자유의 의미를 찾기엔 부족한 것이 하나 있기 때문이다. 진정한 자유란 끊임없이 현재를 살아가는 상태를 뜻한다. 이미 일어난 일을 한탄하지 않고 지금의 선택을 의심하지 않으며 미래의 불행을 걱정하지 않는 상태, 완벽한 세상과 절대적 인과를 믿으며, 그렇기에 모든 선택이 정답이라는 것을 인지한 상태. 모든 선택은 의지에서 나오고 전능한 신이 창조한 세계가 흘러가는 형태인 인과에는 무엇도 오답이 아니라는 것을 깨달으며 모든 이가 공동선을 지향하는 상태가 진정한 자유인 것이다. 가장 거대하고 단단한 인과라는 족쇄로 모두가 이어져 있기에 진정으로 자유로울 수 있는 것이다."

린의 앞에 선 그는 더 이상 아포리엘이 아니었다.

다정한 아버지도, 온화한 어머니도 아니었다.

젊은 별은 명료한 청년의 목소리로 답을 전했다.

"너희는 살아가는 동안에 자유의 의미를 조금씩 깎아내며 성장해 간다. 그것은 너희가 현재를 살지 못하는 종족이기 때문이다. 그것은 너희가 해바라기 같은 존재이기 때문이라. 해가 지면 달에는 눈길도 주지 않은 채 잠들어버린 너희의 작은 신을 그리워하고, 해가 떠있던 과거를 회상하며 어째서 좀 더 햇볕을 갈망하지 않았나 후회하지. 너희는 과거에 살며 이미 벌어진 일을 한탄하고, 아름다운 풍경보다 추악한 담화를 더욱 오래 기억하기 때문이다. 너희는 미래를 근심하며 아직 오지 않은 일에 겁먹고, 스스로의 선택에 대한 믿음보다 자신들이 처할 상황을 걱정하는 데에 더 많은 시간을 사용하기 때문이다. 그렇기에 너희들이 우러러보는 해는 진정한 해가 아니다. 너희는 달빛의 아름다움에 매료되어 그것이 해라고 착각하는 가련한 해바라기들이라. 너희의 본성이 이런 것은 인간에게 마땅히 있어야 할 영원이 없었기 때문이다. 짧은 시간에 개화하기엔 너희 모두가 너무도 특별하니, 너희 모두 길지 않은 소멸의 굴레에서 스스로의 존재를 찾기 위해 자유를 버린 것이라. 하지만 더 이상 주저앉지 말거라. 내가 너희에게 영원으로의 길을 제시하겠다. 내가 너희 모두에게 의미를 주겠다. 나에게 빈약한 살덩이와 그 속에 잠든 무궁함에 가까운 가능성을 맡겨다오. 내가 세울 하나의 질서 아래에 그 길 잃은 혼돈들을 모아다오. 언젠가 우리가 초월하여, 각자이자 하나로서 가장 높은 이를 만나러 갈 때까지 꿈속에서 나를 위해 결정해다오. 그래 줄 수 있겠니?"

린은 멈추지 않는 눈물을 파르르 떨리는 손으로 닦아냈다.

그녀는 더 이상 진과 자신의 의미에 관해 생각하는 것을 그만두었다.

이미 자유가 자신의 의미이니, 그녀는 린으로서 존재하며 그 모든 정신을 계승함과 동시에 젊은 별이 속삭인 자유의 사도로서 다시 태어나길 바랐다.

그렇게 바라자 눈앞의 모든 것이 아득해지고, 한 점으로 모여 사라지는 느낌을 받았다.

각막에 비친 빛의 가장자리에서 자신의 몸이 검은 고치에 휩싸이는 것을 본 그녀는 머지않아 도래할 재탄을 위해 잠시 깊은 잠을 청했다.

진실의 장

100명이 넘는 수색대원들이 분주하게 움직이는 이른 아침의 야영지는 오늘따라 한층 더 부산스러웠는데, 그 추가적인 소란의 대부분은 간밤에 탈주한 여동생인 린을 찾아야 한답시고 어울리지 않게 눈물 고인 얼굴로 분주히 돌아다니는 진과 하룻밤 새 소대장을 잃고 재배치를 받아야 하는 린의 부대원들 때문으로 보였다.

거기다가 아침 햇살이 밝게 비출 무렵이면 변이한 짐승들의 개체가 늘어났기에, 선발대는 새벽녘 출발하여 지금쯤이면 성공을 했건 실패를 했건 복귀하거나 적어도 사람을 보내 기별을 전하는 것이 애당초의 계획이었으나, 선발대에선 아무 소식조차 없다는 사실 역시 혼란을 가중시키고 있었다.

그 모든 것에 별 주의를 기울이지 않고 생각에 잠겨서 자신의 검날에 부착된 배터리의 상태를 확인하던 현철의 앞에 나이가 좀 있는, 극동 섬 계통의 남성이 앉아서 그를 바라보기 시작했다.

현철은 퉁명스럽게 말을 뱉었다.

"뭔가 볼일이라도 있으신 거요?"

그러자 남자는 약간 어눌한 공용어(별의 낙하 당시의 세계 공용어이던 언어와 당시 반도였던 현 토지의 토착 언어가 조금씩 섞인 생활언어)로 말을 하기 시작했다.

"장현철 특무원…. 36세…. 굉장한 경력을 가지고 있군 그래. 무려 21회의 파견에 아포리엘을 직접 참살시킨 경험이 1회라…."

현철은 별다른 반응도 없이 검만을 만져댔다.

잠시간의 어색한 침묵이 흐른 후에 현철이 대답할 기미가 없다는 것을 알아챈 남자는 다시금 입을 열어 여러 가지 어조가 섞인 어색한 공용어로 말했다.

"아 실례. 저는 2부대장 아사노 히라기라고 하오. 선발대가 돌아오지 않고 있는 것에 대해 당신을 지정한 지령이 내려왔습니다. 소규모의 정찰대를 편성하여 선발대의 행방을 탐색해 주세요. 선발대가 건재할 경우 상세를 알아오셔야 하나 그들이 궤멸됐다는 정황이 발견되었을 경우 대체적인 정황만 파악하여 돌아오셔도 상관없다. 인원 선별은 맡기겠습니다."

그 말을 듣고서야 현철은 입을 열었다. "몇 명으로 가면 됩니까?" 남자는 만족스러운 표정으로 대답했다.

"최소 3명, 최대 6명이야. 하지만 말했듯이, 인선은 맡기겠습니다."

3명, 현철을 제외한 2명 정도라면 쉽게 눈을 피해 자신의 목적을 이루러 갈 수 있으리라.

현철의 마음속 관심사는 이미 탐사대나 선발대 같은 것에서는 멀찌감치 떨어져 있었다.

그의 생기는 이미 질서가 혼미하던 8에서 9여 년 전, 모든 도시가 혼란을 겪기 시작한 시점에 붕괴하여 그 시간 속에 갇혀있었다.

별이 떨어진 후 탐사대가 창단된 지 얼마 되지 않았던 시점, 기존의 공권력이 붕괴된 뒤 도시는 혼란에 사로잡혀 있었다.

위성들이 격추당하고, 육로와 해로는 물론이고 공중을 나는 자유까지 빼앗긴 채 서로에게서 고립된 인간들은 자신들을 묶고 있던 질서에 구멍이 거대해져 버린 틈을 타 규율 잡히지 않은 욕망을 서로에게 분출해 댔으며 탐사대가 규모를 늘려 치안에 손을 대기 시작한 6년 전까지는 장막 속으로 사라져 가는 사람들만큼이나 많은 이들이 서로의 폭력에 시들어갔다.

현철의 가족도 그 불행에서 자유롭지는 못했는데, 당시 파견 중이던 현철은 원정에서 돌아왔을 때 자신의 아내와 딸이 강도에게 살해당했다는 사실을 전해 듣게 되었다.

복수를 원해 자신의 가능한 한 능력 내에서 강도의 정체를 파악하고 겨우 그의 정체를 밝혀 처절한 복수를 위해 추적을 개시하던 그는 얼마 지나지 않아 그 강도가 다른 가정을 습격했다가 맞아 죽었다는 것을 알아내게 되었다.

갈 곳 없는 분노는 이윽고 풀어놓을 수 없는 공허함과 마주 볼 수조차 없는 슬픔으로 곪아들어 가 현철을 삶이라는 늪 속에서 방황하게 했다.

그의 슬픔을 잠시나마 떼어놓고 생각을 멈출 수 있게 해준 것은 아이러니하게도 그의 절친한 친구인 성현과 함께 사활에 집중하여 수행하는 파견임무들뿐이었다.

그렇게 수년을 더 일에 매진하며, 파견이 없을 때는 집이 아닌 본부의 장비 점검실이나 보고서를 쌓아둔 정보실을 전전하며 탐사대에 매달린 그의 삶은 한 번 더 굴곡을 겪게 되었다.

2년 전, 성현과 함께 7인의 특무원들(비스타를 다루는 능력이 뛰어나고 현장 경험이 많지만 승진을 거부하는 괴짜들)로 이루어진 소수정예가 다른 파견대가 확인한, 아포리엘 다수 출몰지역을 조사하는 것이었다.

아포리엘들은 그 장소에 빈번하게 출입할 뿐만 아니라, 무언가를 사수하는 듯 경계를 교대하는 것 같은 정황이 포착되어, 그들이 중시하는 폐도시의 부서져 가는 백화점 지하층에 잠입해 그 안에 있는 것을 확인하는 것이 주요 목표였던 것이다.

아포리엘들의 감시를 능숙하게 피해서 백화점 지하로 내려가는 계단에 들어선 특무원들은 그곳을 지키는 한 체의 아포리엘과 마주쳤다.

한 체라면 충분히 쉽게 제압할 수 있다는 특무원들의 자신감을 무참히 박살 내면서, 사생결단의 각오로 싸우는 아포리엘은 압도적이게 그들을 도륙내어 버렸지만, 이내 기지를 발휘한 성현이 놈의 검을 몸으로 받아낸 후 자신의 공기 정화 필터에 초진동 날의 배터리를 접촉시켜 거대한 스파크를 일으켰고, 스파크는 주변의 불안정한 공기와 반응하여 상당히 거대한 폭발을 일으켰다.

성현은 폭발의 충격으로 사지가 절단되어 즉사했고, 아포리엘 역시 거대한 충격에 잠시 자세를 가다듬지 못하고 무릎을 꿇어버렸다.

하지만 성현이 폭발을 일으키기 전 현철에게 보낸 마지막 눈빛으로 그가 희생할 것임을 미리 눈치챈 현철은 몸을 웅크리고 거리를 벌려 폭발의 피해에서 벗어날 수 있었고, 아포리엘이 자세를 가다듬기 전에 녀석의 심장에 진동하는 날을 박아 넣을 수 있었다.

심장이 꿰뚫린 아포리엘은 몸이 조금씩 부서지기 시작하며 현철을 돌아보았다.

그것의 가면처럼 생긴 얼굴이 재가 되어 흩날리고 있을 때, 현철은 부서지는 가면 속에서 눈동자와 같이 생긴 무언가를 한순간 볼 수 있었다.

그 눈동자는 현철의 동공을 직시하고 있었다.

그 눈에 비친 꺼져가는 불씨와 꿰뚫은 심장의 죽어가는 고동은 전신의 감각을 타고 뇌로 흘러들어와 현철에게 익숙한 감정을 전달했다.

그것은 자신을 끝낸 이에 대한 분노도, 곧 사라질 존재로서의 공포도 아니었다.

그저 현철이 느꼈던 것과 같은 깊은 슬픔만이 존재했다.

그런 끝 모를 슬픔을 겪어본 존재로서, 그것의 죽음은 현철의 정신에 선명한 상처를 남겼다.

내가 대체 무슨 짓을 한 거야?

현철은 그리 생각했다.

아포리엘의 잔해가 먼지가 되어 사라질 때까지 현철은 그것의 시선에 눈을 맞추고 있었다.

사라지는 순간의 아름다움과 슬픔에 매료되어 남은 2명의 동료가 그의 어깨를 흔들어 현실로 불러들일 때까지 현철은 그 기이한 감각에 사로잡힌 채 움직이지 못했다.

"놈들이 곧 올 거야. 지하에 뭐가 있는지 확인하고 바로 철수해야 해!"

그 외침에 현실로 돌아온 현철은 빠르게 지하로 내려갔다.

그리고 거기서 아포리엘들이 지키고 있는 것을 목격했다.

수십 개가 넘는 검은 고치에 감싸인 무언가들이 지하에 즐비해 있었는데, 그것들은 꿈꾸는 듯이 길고 불규칙하게 맥동하고 있었다.

하지만 그 물체들을 자세히 볼 시간도 없이, 현철과 2명의 특무원들은 현장에서 도망쳐 나와야 했다.

아포리엘들은 도망치는 그들을 쫓지 않았고, 그들은 다음 태양풍이 불어올 때까지 쉬지 않고 달렸다.

안전한 지점까지 도달한 다음에야 현철은 성현이 희생했다는 것을 제대로 인지할 수 있었고, 그에 따른 상실감 또한 몰려왔지만, 현철은 그것보다도 아까 전에 느꼈던 감각을 회상하는 데에 집중할 수밖에 없었다.

그때까지 현철이 삶을 완전히 포기해 버리거나 길거리의 마약 중

독자들이나 주정뱅이들과 같이 굴러다니는 걸 막아주던 마지막 보루와도 같았던 성현의 희생보다도, 현철의 몽롱한 마음속에는 손끝을 타고 흐르던 적보라색 입자의 온기와 자신의 눈을 마주한 불씨 꺼지던 아름다운 눈동자의 감정이 더욱 깊이 새겨진 것이다.

그로부터 1년이 넘는 세월이 지나도록 현철은 그 몽환적 감각에서 벗어나지 못한 채 살아있는 것 같지 않은 세월을 보내고 있었으나, 그는 생각 끝에 그 감각이 무엇인지 스스로 추측해볼 수 있었다.

아포리엘이 사망할 때에 그가 느낀 것은 자신보다 상위에 있는 것으로 느껴지는 무언가를 자신이 끝내버렸을 때 느끼는 공허함과 일말의 만족, 그리고 우월한 무언가를 해친 본능적인 죄책감과 동경심이 섞인 감정이라고 보였다.

마치 중세 시대에 왕을 시해한 신하가 순간적으로 느낄 수 있을법한 감각과도 비슷했지만, 이 우월성은 누군가가 정한 것이 아닌 진화의 구조상 더욱 뛰어난 존재라고 인식하는 데서 나온 근원적인 것임에 더욱 가까웠다.

그러면서도 그는 그것뿐만이 아니라 강력한 동질감까지 느꼈는데, 그것은 현철이 느끼기에 자신과 비슷한 인간을 해치는 것과 비슷하다고 생각했다.

현철은 한 번도 인간을 해친 적은 없었으나, 그것이 전달한 유약한 감정, 부드러운 분위기는 인간의 그것이라고 착각할 정도로 익숙했으며, 그것의 슬픔은 현철의 것과 너무도 유사했기 때문에 현철은 그것을 순간 인간으로 착각해버릴 정도였다.

하지만 현철은 이내 그것의 정체에 대해 의미없어 보이는 추측을 그만하고 있는 그대로 받아들이리라고 생각하게 된다.

그에 대해 생각하는 것을 그만둔 시점에서, 현철은 다른 어떤 순간도 아닌, 자신의 아내와 처음 만났던 날을 끊임없이 회상하기 시작했다.

그와 그녀는 별이 떨어지기 전, 대학의 캠퍼스 내에서 처음 만났다.

당시 스물의 젊은 나이였던 현철은 옆구리에 파일들과 전공서적을 끼고 황급히 어디론가 가던 그녀가 그의 옆을 지나갈 때 우연히 떨어뜨린 펜을 주웠고, 그녀를 불러세워 그것을 가져다줬다.

그 망할 펜, 그것이 없었다면 지금쯤 아내는 살아있지 않았을까.

자신의 딸은 태어나지 않아서 죄없이 받는 고통과 무의미하게 끝날 삶을 살지 않아도 되지 않았을까.

그의 머릿속에선 무언가를 생각할 시간이 나기만 하면 지치지도 않고 떨어진 펜과 다시 돌아간다면 그것을 돌려주지 않을 것인가 하는 생각이 이어졌지만, 언제나 같은 결말-마주 보기 힘든 슬픔-에 잠겨 그에 관해 생각하는 것을 포기하는 순간으로 이어졌다.

하지만 생각을 멈추려 하면 할수록 그가 세상에서 가장 사랑했던 그의 아내에 관한 기억은 눈을 가리는 눈꺼풀과 같이 자연스럽고도 필연적으로 그의 사고에 스며들어 갔다.

　그의 아내는 그 아리따운 외모만큼이나 착하고도 활기찬 여성이었으나, 별이 떨어지고 질서가 붕괴된 세상에서 탐사대에 지원하여 집을 자주 비워야 했던 남편 대신 불쾌한 환경과 불안한 치안 속에서 혼자나 다름없이 어린아이를 낳고 길러야 한다는 스트레스에 점점 히스테릭하게 변해갔다.

　현철은 한순간도 아내와 자신의 서로에 대한 사랑을 의심한 적은 없었으나 그녀의 과도해지는 히스테리와 불안장애는 날이 갈수록 심해져만 갔기에 이윽고 현철은 집에 돌아가지 않고 원정 임무에 나서는 것이 더욱 마음이 편한 지경까지 이르렀던 것이었다.

　그럼에도 여전히 그의 가족은 그를 애타게 기다리고 있었으므로, 그들을 지키지 못한 현철이 자신을 용서하기란 불가능했던 것이다.

　그리고 그런 사고과정이 계속되자 이내 그는 그 모든 것의 시발점이 된 그날 펜을 주워준 것을 후회하는 지경에까지 이르렀다.

　그렇게 몇 날 며칠을 자신의 행보가 낳은 저주받을 운명의 끝에 또다시 저지른 후회스러운 행동에 대해 곱씹던 현철은 우연하게 골목의 주점에서 한 노년의 남성과 그의 청취자들이 이야기하는 것을 엿

듣게 되었다.

노년의 남성은 자신이 아무 장비도, 받은 훈련도 없이 방독면과 차 폐막, 며칠간 먹을 수 있는 식량과 간이 캠프 천막만을 구비한 채로 뜻을 같이하는 사람들과 함께 장막의 심부를 목도하기 위한 순례를 떠났다고 주장했다.

그는 자신 역시 누군가가 전해준, 심부까지의 안전한 길을 표시한 지도를 가지고 여정을 시작했으며 그 지도를 통해 여행 중 수많은 변이된 짐승들과 아포리엘들의 눈을 기적적으로 피할 수 있었다고 열변을 토하고 있었다.

그럼에도 장막 내부의 환경은 굉장히 위험했기에, 누구는 산소 탱크가 고장 나서 사망하고, 누구는 정해진 길을 잠시 벗어났다가 짐승들에게 잡아먹혔으며 누구는 한밤중 무언가가 뜀박질하는 소리와 함께 사라졌다.

사람을 뜯어먹는 짐승들과 동료를 납치해가는 아포리엘들뿐만이 아니라, 급격하게 바뀌는 기온, 불어오는 태양풍에 섞인 모래먼지와 쇳조각들 같은 극한의 환경이 순례자들의 마음을 계속해서 꺾이게 했고, 사람들이 계속 사라짐에도 끊임없이 부족한 물과 음식, 하루하루를 버틸 쉼터와 가끔씩 보이는 짐승들에게서 숨어다니는 여정은 고난과 죽음의 행군 그 자체라고 했다.

지도가 없었다면 가까이조차 가지 못했으리라고.

그리고 며칠간 계속되는 고되고 위험한 순례길의 끝에, 아직 인간이 제대로 아는 것 없는 검푸른색의 흙과 군청색의 짙은 안개가 드리운 땅, 심부의 토지를 밟아보았노라고 말했다.

그의 말에 따르면 짙은 안개에 둘러싸여 한 치 앞도 보기 힘든 그곳에서는 별의 속삭임이 들린다고 한다.

그들이 그 땅에 발을 디딘 지 얼마 지나지 않았을 무렵, 어떤 빛나는 형체가 그들에게 다가왔다고.

그 형체는 같이 간 이들의 반응으로 보아 사람들마다 다른 모습으로 보이는 듯했는데, 어떤 이는 건장한 남성의 모습이, 어떤 이는 어여쁜 여인의 모습이, 어떤 이는 오래전 삶을 다했던 가족의 모습이 다가온다고 소리쳤다고 한다.

노인에게는 본 적 없는 소녀의 모습이 다가왔는데, 그 자리에 있던 모두는 다른 목소리의 같은 말을 들었음이 틀림없었다.

"네가 바라는 바가 모두 이루어지리라."라고.

그 꿈결 같은 목소리에 노인과 일행들은 그것을 자신들의 믿음과 고생, 포기하지 않은 집념의 보상이라 여기며 그 존재의 앞에 무릎을 꿇고 눈물을 흘렸다.

자신을 낮추고 간청하는 자세로 빌자, 그 형체는 길고 하얀 막대기 같은 것을 꺼내 한 명씩 모두의 심장에 그 막대기를 꽂아 넣었다고 한다.

마지막 노인의 차례가 오기 직전, 노인은 옆의 동료를 바라보았는데, 심장에 막대가 꽂힌 채로 알 수 없는 검고 푸른 무언가에 감싸여가며 이 이상의 지고의 행복은 없다는 것처럼 웃고 있는 그의 모습을 보자 노인은 돌연 공포를 느꼈다고 했다.

그렇게 땅을 박차고 일어선 노인은 귓가에 맴도는, 자신의 이름을 부르는 목소리들을 애써 무시한 채 안개가 걷히고 땅이 흙색으로 돌아올 때까지 뒤를 돌아보지도 않으며 도망쳐 나왔다고.

하지만 노인은 이제 와서라고 해도 좋을 정도로 돌이킬 수 없는 상황이 된 지금, 그렇게 도망쳐버린 것을 후회하고 있었다.

그는 그 선물을 받았어야 했다고, 그랬다면 분명 자신의 소원은 이루어졌을 것이라고 한탄하며 순례에 대한 보상을 받을 용기가 없었던 자신을 원망했다.

주변의 이들은 그의 말이 단순히 과장된 영웅담이자 술을 목구멍으로 넘기는 것을 도와줄 즐길 거리 정도로 생각하는 듯했으나, 이상하게도 그곳에 있는 누구보다 장막 너머에서 보낸 시간이 많았을 현철은 그 이야기에 매료되어 버렸다.

그는 노인을 따로 불러내 술을 건네며 물었다.

어째서 탐사대에 보고하러 가지 않았냐고 묻자 노인은 이미 가서 보고하려고 하였으나, 민간인들의 관찰이나 신고할 내용을 보고받는 담당관은 너무 허무맹랑하고도 믿기 힘든 이야기에 노인이 정신 질환을 앓고 있는 것이라 일축하고는 그를 내쫓아 버렸다고 했다. 현철은 그의 기분을 맞춰주며 그의 이야기를 경청했고, 이윽고 그가 탐험했던, 기적적일 만큼 위협이 적은 길에 대한 지도를 얻을 수 있었다.

노인은 그것이 일종의 구원을 향한 면죄부라도 되는 것처럼 자신의 남루한 셔츠에 달린 가슴주머니에 그것을 고이 모셔다 두고 있었다.

현철은 노인에게 소원이 이루어지면 반드시 데리러 오겠다는 약조를 하고서야 자리를 뜰 수 있었다.

그 후로 현철은 그 루트에 가까워질 때까지 탐사대의 행군에 맞춰 따라가다가, 특무원인 자신에게 높은 확률로 내려올 소수 탐사 임무를 받으면 보는 눈이 적은 것을 이용해 정찰을 핑계로 빠져나와 루트로 향할 생각인 것이었다.

탈영을 하는 것은 간단했으나, 그렇게 되면 소원을 이루고 돌아갈 때 탐사대의 도움을 받기 힘들게 되기 때문에 웬만해서는 임무 중 실종으로 보이는 것이 좋았다.

현철은 잠시 생각을 하는 시늉을 하다가 아사노에게 대답했다.

"알겠습니다. 인원을 차출해서 출발 전에 보고드리겠습니다."

아사노는 고개를 끄덕이며 만족한 표정으로 자리에서 일어서고는 말했다.

"오늘 저녁에 출발하세요. 오늘 오후에는 큰 대로에서의 갈림길이 있다. 갈림길까지의 현장 상황과 판단 여하에 따라 심부로 향하는 길이 달라지기 때문에 합류 지점을 잡기 위해서는 그 갈림길을 지나서 출발해야 한다. 선발대 또한 심부에 가까이 가는 것이 계획되어 있었기에 거기서 출발해도 중간의 흔적을 찾기 쉬울 겁니다."

그날 행군이 끝나기 전에 현철은 적당한 인물들을 두 명 차출했다.

자신이 없어도 쉽게 죽지 않을 만큼의 경험은 있으면서도 자신이 정찰을 핑계로 무리에서 이탈할 때 따라올 만큼의 용기는 없는 자들을 선별했다.

이윽고 행군이 시작될 무렵 현철은 아사노에게 보고를 하고 본대 합류 예상지점을 전달한 후에 선봉대의 흔적을 쫓아 자신이 만든 팀과 함께 길을 나섰다.

다수로 이동할 때는 대열을 신경 쓰고 보폭을 맞추며 목적을 향한 틈을 보느라 전혀 신경을 쓰지 못하고 있었지만, 어둑하게 해 질 녘이 되어가는 장막 속의 세상, 하늘에 반사된 노을이 검보라색 빛과 만나 분홍빛 띠는 자주색으로 하늘을 물들이며 그 너머에서 비치는 별빛들이 수줍게 고개를 들기 시작한 풍경에는 절대적인 아름다움이 있었다.

이런 아름다움을 보고 있을수록 현철의 심장에는 못이 박히는것처럼 뜨겁고 참기 힘든 고통이 피어났으나 그럼에도 이 광경에서 눈을 떼기란 힘들었다.

이질적이면서도 매혹적인 하늘빛이 비추는 정적이게 폐허 된 세상의 경치, 조용히 움직일 때마다 들려오는 풀과 바람의 멜로디는 과할 정도로 가슴을 뛰게 만들었다.

곧 다시 이 모든 것을 마음속 깊이 즐길 수 있는 순간이 오리라.

그리 생각하며 현철은 뒤에서 따라오는 두 명의 소대원들을 고무시키고 움직이는 속도를 높였다.

현철의 추적 실력은 가히 뛰어난 것이었는데, 해 질 녘 보금자리로 스멀스멀 이동하기 시작하는 짐승들을 수월하게 피하면서 부하들을 이끌어, 한 번의 전투도 없이 황무지의 가장자리를 통과하는 와중에도 확실하게 선발대가 사용한 배터리의 조각이나 그들이 최근 전투한 흔적 등을 놓치지 않고 찾아냈다.

그러나 그런 추적 중에 현철은 이상한 것을 발견했다.

분명 선발대의 전투 흔적은 새로 생긴 자국들이나 물러진 콘크리트에 각인된 발자국들, 발톱 자국들을 볼 때 변이한 담비와 전투한 것으로 추정되었는데, 그들은 쉽게 쓰러뜨릴 수 있는 적이 아니었기에 그 전투에 시간이 끌려 곤란한 상황이 발생했다는 것은 자명했다.

도심 쪽으로 이어지는 길에 작은 발톱들이 남긴 수많은 자국들이 있는 것으로 보아 그들은 들개 무리에게 쫓긴 것이라 보였는데, 그 들개 무리와 얼마 떨어져 있지 않은 곳에서 인간형 무언가의 발자국을 발견한 것이다.

그 보폭과 크기로 추정했을 때 아포리엘의 것이 분명한 발자국은, 명백하게도 들개들의 이동을 뒤쫓고 있었다.

들개들과 아포리엘의 흔적은 황무지의 모래바람에 삼켜져 사라졌으나, 그들이 이동한 방향이 곧 선발대의 방향이라는 것을 알아차리는 데에는 어려움이 없었다.

그 방향으로 끊임없이 이동하던 현철의 소대는 그리 오랜 시간이 지나지 않아 토지가 거뭇한 보라색으로 변하기 시작하는 경계선에 도착할 수 있었고, 이곳에 있는 둔덕들과 바위들은 단단하고 모래가 높게 덮지 않았기에 쉽게 새로이 긁힌 흔적 등을 찾아낼 수 있었다.

그 방향이나 수로 보아 선발대는 현철이 지금 보고 있는 경사가 꽤나 가파른 내리막을 내려가 절벽으로 감싸인 공간 속으로 들어갔다는 것을 쉽게 유추할 수 있었으나, 그 내리막 너머의 상황을 모른 채로 즉시 내려가 확인하는 것은 안전하지 않았다.

현철은 지금이 빠져나갈 수 있는 적기라고 판단했다.

현철은 자신을 따라온 두 명에게 자신은 절벽을 돌아 위에서 내부의 상황이나 흔적을 찾아볼 것이라고 알렸고, 현철의 예상대로 그의 동료들은 아포리엘이나 변이한 짐승의 흔적에 위축된 상태였기에 주도적으로 무언가를 하려고 시도하지 못했다.

현철은 절벽 주변의 능선을 넘어가 동료들에게 몸을 숨긴 채로 받아온 지도를 펼쳤다.

다행히 안전한 루트는 여기에서 1시간도 채 떨어지지 않은 곳에 있었기에, 현철은 밤의 어둠이 떨어지기 전에 휴식을 취할 곳을 찾을 수 있으리라고 여겼다.

현철이 무리에서 이탈해 루트로 이동한 지 1시간가량이 지났을 때, 그의 시야에는 기괴하게 뒤틀린 숲길이 나타났다.

변형되고 꼬여 이 세상의 식물이라고 보기 힘들 정도로 기이한 형태를 취한 나무들이 떠오르기 시작한 달빛을 모조리 받아 그늘을 드리우고, 그 숲속에서는 밤의 어둠에 싸여 한 치 앞을 보기 힘들었다.

여기에 아포리엘과 짐승들이 어째서 오지 않는지 현철은 금방 알 수 있었는데, 아귀를 벌린 것처럼 하늘로 게걸스럽게 뻗은 징그러운 나뭇가지들이 태양과 달의 빛을 모조리 흡수하여 그 아래에 새어나가는 에너지가 없게 자라나 있기 때문이었다.

현철은 검고 서늘한 그곳에서 밤을 보내기로 하고 차폐막을 펼쳐 간이 해먹을 만든 후에 그 속에 아무렇게나 몸을 쑤셔 넣었다.

그는 근 몇 년간 제대로 된 밤잠을 자본 적이 없었다.

꿈을 꾼 지가 언제인지조차 기억나지 않았다.

하지만 숙련된 탐사인원이었던 그는 피로를 회복하기 위해 억지로 자신의 의식을 검은 구덩이에 집어넣고 뇌를 강제로 휴식시키는 방법을 터득하고 있었다.

그렇게 보통 그는 일정에 맞추기 위해 잠에 강제로 빠져든 채 어떠한 꿈도 꾸지 않고 칠흑 같은 어둠 속에서 다시 걷기 위한 힘만을 비축하는 것이었다.

하지만 그날 밤은 달랐다.

자신의 염원이 이루어질지도 모른다는 기대감 때문이었을까.

그는 평소에 마주 보던 끝 모를 나락 속에 있지 않았다.

그는 이곳이 어느 곳인지 알지 못했으나, 보통 느끼던 절대적 공허가 아닌, 그 속에 무언가가 있는 것처럼 어둠 속에서 아늑한 고동이 전해져 왔다.

이윽고 그는 누군가가 부르는 목소리를 들었다. 누구의 목소리인지 알 수는 없었지만, 매우 그립고 편안한 느낌이 들었다.

오랜만에 느껴보는 이질적인 감각에 놀라 그는 눈을 떴다.

여전히 새까맣게 어두운 시야에선 보이는 게 거의 없었지만, 숲의 우거지고 기울어진 나무들 사이로 미약하게 비치는 숲 밖의 풍경으로 미루어볼 때 아직 깊은 밤임에는 틀림없었다.

현철은 앞을 제대로 보기 위해 엑소-스켈레톤의 헬멧에 달린 전조등을 켰다.

그 순간, 현철의 얼굴 앞까지 소리를 죽이며 다가왔던 거대한 턱을 가진 벌레가 갑자기 재빠르게 달려들었다. 현철은 15cm는 될법한 그것의 아가리를 몸을 비틀어 가까스로 피하고 자신의 검을 향해 손을 뻗었으나, 어느새 사지를 감싸안은 나무뿌리들이 그의 움직임을 방해하고 있었다.

아무리 애를 써봐도 손과 발이 풀리지가 않아 당황하는 현철을 다시 공격하기 위해 지네처럼 긴 절지동물의 몸에 잎사귀처럼 회갈색의 넓적한 털들이 돋아난 벌레는 다시 한번 입을 크게 벌렸다.

그 입에서는 동물의 사체가 썩는듯한 어마무시한 악취가 났는데, 방독면을 뚫고 들어올 수준의 악취로 미루어 보아 독을 가지고 있는게 틀림없었다.

현철은 잠시 생각하다가 이내 결심하고는 어깨로 방독면의 고정 핀을 눌러 고정을 풀었다.

벌레가 다시 한번 달려들자 현철은 다시 고개를 최대한 비틀고 몸을 꺾어 그 공격을 피했고, 고개를 더욱 크게 흔들어 고정핀이 풀린 방독면을 벗어버렸다.

그리고 벌레가 몸을 돌리기 전에 성인 여성의 팔뚝 정도 되는 크기의 그 어마무시한 동체를 물어뜯었다. 벌레가 고통에 몸을 뒤틀기 시작하고, 그것의 몸통은 나무껍질처럼 단단했지만 현철은 이가 부러질 정도로 그것의 동체에 이빨을 깊게 박아 넣었고, 이내 거대한 짐승이 벌레의 몸체를 뜯어먹은 것처럼 그 벌레의 큰 살점을 뜯어낼 수 있었다.

벌레는 기이한 소리를 내며 몸을 배배 꼬았다.

그것은 역시나 재생을 시작했으나, 그 속도는 동물들에 비해 월등히 느렸다.

현철은 여전히 숨을 참은 채 입에 물린 고기를 뱉어내고는 몸을 옆으로 뉘어 입으로 자신의 검을 들고는 전원을 켰다. 초진동 모터가 돌아가는 소리가 나고, 현철은 조심스럽게 검을 물고 전기톱처럼 오른팔을 묶은 뿌리에 가져다 대어 천천히 잘라냈다.

오른팔을 자유롭게 하자 모든 것이 수월하게 풀렸다.

그는 몸을 자유롭게 하고 방독면을 다시 쓴 후, 깊고 달콤한 호흡을 재개했다.

현철은 몸을 여전히 꼬고 있는 벌레에게 고개를 돌렸다.

빛이 비춰진 벌레의 형상은, 나무의 가지와 벌레가 하나로 합쳐진 것 같은 형상이었다.

아마 나무가 태양빛과 달빛에서 전부 충당하지 못한 에너지는 이런 식으로 지나가는 벌레나 동물을 뿌리로 휘감아 빨아 먹어 보충한 후에 그 안에 가지를 뻗어 자신의 몸처럼 조종하는 듯했다.

노인과 순례자들이 숲이 있는데도 매일 밤 쉴 곳을 찾아 헤매었다는 말이 무엇인지 이제야 깨달은 현철은, 꿈속에서 들려온 목소리에 대해 잠시 생각하다가 빠르게 몸을 다시 움직이기 시작했다.

그렇게 해가 다시 떠오를 때까지 꼬박 5시간을, 태양풍이 불어와 엑소-스켈레톤을 꺼야 할 때를 제외하고는 쉼 없이 걸어가자 숲이 끝나는 지점에서 확실하게 검푸른색으로 물든 황폐화된 토지가 보였다.

그리고 그리 멀지 않은 곳에 심부의 군청색 안개가 드리워져 있었다.

원래 심부의 안개 주변에는 아포리엘이 많이 있었는데, 노인의 지도에 따라 도착한 이 숲의 너머에는 본래 심부를 지키는것처럼 서있을 아포리엘이 보이지 않았다.

그 사실을 확인한 현철의 가슴속에는 희망이 싹트기 시작했는데, 이곳을 지키는 아포리엘이 없다는 말은 노인이 실제로 심부에 발을 들였을 가능성이 높다는 소리고, 노인의 말이 허언이 아닌 사실일 거라는 확신이 서기 시작했기 때문이었다.

현철이 안개 앞에 도달했을 때, 옅은 안개에 반사된 새벽녘의 왜곡된 태양빛은 꺼림칙하기보단 신비하고 아름다운 느낌을 발산하고 있었다.

현철은 마른침을 삼키곤 안개 너머로 발걸음을 내디뎠다.

안개 속에선 피부에 닿는 안개의 질감이 느껴졌는데, 현철이 안개에 대해 아는 것은 많지 않지만 평범한 안개는 이런 솜사탕 같은 질감은 아닐 거라고 확신할 수 있었다.

발을 땅에 내디딜 때마다 큰 솜뭉치를 밟은 후에 단단한 땅에 착지하는 것 같은, 원초적으로 즐거움을 주는 감각이 느껴졌다.

마치 동화 속에서나 느껴볼 수 있을 것 같은 감각에 빠져들어 가듯 몰입한 현철의 가슴은 기대로 차서 두근거리기 시작했다.

정말 이 길의 끝에 소원을 들어주는 존재가 있을지도 모른다는, 현철 자신도 몰랐을 정도로 긍정적인 사고가 되기 시작한 것이었다.

그러나 현철의 그런 긍정적인 생각은 그리 오래 지나지 않아 사라졌는데, 그것은 안개 너머에서 무언가가 자신을 따라오는 소리를 들었기 때문이었다.

농도를 알 수 없는 안개 너머에서 현철의 움직임에 맞춰 이동과 정지를 반복하는 그것은, 이렇게 시계가 좋지 않은 곳에서도 현철의 움직임을 알 수 있는 동물적 감각과 안개가 있다곤 해도 상당히 가까이 올 때까지 현철이 눈치챌 수 없게 미행할 지능을 갖추었다는 말이었으므로 그 정체를 추측하는 것은 그리 어려운 일이 아니었다.

하지만 문제는 그것을 추측했다고 해도 이 거리에서 어떻게 따돌릴 수 있을지 그는 생각해낼 수가 없었다는 것이었다.

어째서 즉시 습격하지 않고 거리를 두며 미행을 하고 있었을까.

여기까지 왔다는 것은 현철이 그것의 존재를 눈치챈다고 해도 상관없다는 뜻이 아닐까.

현철은 그것의 목적이 궁금했다.

그가 걸음을 멈추고 기척이 난 방향을 주시하고 있자, 이내 쿠스토의 어깨 보호대가 진동하며 태양풍이 불어올 것임을 알렸다.

현철은 시선을 돌리지 않은 채로 조용히 장비의 전원을 끄고 등에 수납해놓은 차폐막 망토를 전개해 몸과 검에 두른 후 자세를 낮춰 장비를 보호했다.

긴장감이 척추를 타고 갈비뼈를 지나 심장을 옥죄는 수 초가 지나고, 강력한 전자기파와 함께 돌풍이 모래먼지를 일으키며 안개를 잠시 옅게 흩어버린다.

돌풍이 지나가면서 날린 먼지가 가라앉고 기묘한 안개가 다시 원래의 위치로 돌아가기 직전, 꽤나 먼 곳까지 시야가 선명해지는 찰나에, 현철은 15m가량 떨어진 곳에서 자신을 보며 서있는 아포리엘을 발견할 수 있었다.

둘은 서로를 보며 굳은 듯 멈춰있다가 안개가 다시 모여들고, 서로가 시야에서 가려지기 시작할 때, 현철이 조심스럽게 손을 장비의 전원에 가져다 댔다.

안개가 서로의 사이에 빽빽이 자리하고, 시야에 군청색의 안개 외에는 아무것도 보이지 않게 될 무렵, 현철은 최소한의 동작으로 버튼을 눌러 쿠스토에 전원을 넣었다.

쿠스토가 기동하는 진동이 느껴지자마자, 안개를 박차고 아포리엘이 맹렬하게 돌진하기 시작했다.

현철은 그 소리를 듣자마자 즉시 반응하여 동력을 최대치로 설정하고 그것을 따돌리기 위해 내달렸다.

이리저리 쫓아오는 방향을 바꾸는 아포리엘에게서 도망치고 있자니 현철은 그것이 단순히 쫓아올 뿐임이 아닌 것을 느낄 수가 있었는데, 첫째로 아포리엘은 애초에 도망치는 상대를 적극적으로 쫓지 않는다.

여기가 인간이 답사하는 것이 금지된, 일종의 그들만의 성역이기 때문에 쫓아온다고 하더라도, 둘째로는 아포리엘뿐만 아니라 어느 생물이라고 하더라도 쫓을 때 방향을 전환하면 속력을 잃는다는 것은 본능적으로 알 것이었다.

하지만 이렇게 토끼몰이를 하듯이 방향을 끊임없이 바꾸는 것을 보면 분명하게 현철을 어딘가로 몰아넣고 있음에는 틀림이 없었다.

그럼에도 현철은 끊임없이 도망칠 수밖에 없었다.

놈이 유도하는 대로 움직이지 않으면 따라잡힐 것은 불 보듯 뻔하기 때문이었다.

그렇게 달리길 수십 분, 혹은 1시간 이상이 되었을지도 모르는 시점에서, 눈에 익은 군청색 안개를 꿰뚫고 빛줄기가 들어오는 것이 보였다.

현철은 그 앞에 무엇이 있을지는 모르나, 언제 다시 태양풍이 들이닥칠지 모르는 시점에서, 체력이 떨어져 가는 현철이 내린 판단은 시야를 확보한 후에 전투하는 것이었다.

이길 가능성이 높지는 않았으나, 전무하진 않았다.

기본적으론 아포리엘이 수비를 위해 싸우고 인간이 공격을 위해 싸우기 때문에 인간에게 빈틈이 많지만, 쿠스토를 착용한 숙련된 인간이 수비를 중시하고 빈틈을 유도하면서 싸우면, 어쩌면 도망갈 시간을 벌 수 있을 만큼의 타격을 넣는 게 가능할지도 몰랐다.

현철이 그런 생각을 하면서 안개를 헤치고 나오자, 그의 눈앞에 황량한 광야가 펼쳐졌다.

모래먼지가 흩날리는 폐도시 너머의 황무지가 아닌, 깔끔하고 탁트인 검보라색 토지로 이루어진 평야, 어떠한 장애물도 둔덕도 보이지 않는 광야의 너머에 무언가가 있었다.

현철의 위치에서 지평선 끝, 시야가 겨우 닿는 거리에 있는 그것은, 거대한 기둥처럼 보였다.

장막의 하늘로 손을 뻗듯 솟아있는 기둥은 멀리서 보기엔 마치 풍경화에 그려진 선처럼 보였으나, 그 비현실적인 풍경은 어딘지 모르게 마음의 안정을 가져다주었다.

아무것도 없는 평지에 놓여진 하나의 선은 어떤 모종의 미술품을 연상시키는지도 몰랐다.

자세히 집중하면서 보니 맨 아래의 두께가 맨 위의 두께보다 두껍다는 것을 알 수 있었는데, 그것이 뿔과 비슷한 형태를 가지고 있다고 인지하자 그 모습에서 하늘에 대고 기원하던 고대인들이 만든 오벨리스크가 연상되었다.

이곳이 진정 심부라고 부를 수 있는 곳이구나, 라고 현철은 인지했다.

거대한 장막의 중심부에 자리 잡은 저 기둥으로 말미암아 이 기이한 세계가 완성된 것이구나, 하고.

심부의 하늘은 먹구름이 낀 듯 어두웠으나, 어딘가에서 나오는 빛이 은은하게 지표를 비추어 마치 해가 가려진 낮의 풍경처럼 서늘하고 어둑하면서도 활기찬 느낌을 주었다.

그런 별세(別世)적인 광경에 시선을 빼앗긴 현철의 뒤에서 가늘고 젊은, 어딘가 익숙한 남성의 목소리가 들려왔다.

"상상했던 것과는 다른가?"

현철이 크게 당황하며 정신을 차리고 뒤를 돌아보니 거기에는 그를 쫓아오던 아포리엘이 있었다.

현철은 존재하는지조차 몰랐던 그들의 입이, 혹은 입으로 생각되는 부분이 벌어져 있었고 거기에선 현철이 쓰는 것과 같은 말들이 튀어나오고 있었다.

경악한 현철을 인식한 듯 그것은 말을 이어갔다.

"우리-나는 목소리를 얻는 데에 오랜 세월을 기다렸다. 하나 된 꿈에서 개체를 잠시 분리하여 주도권을 맡기는 것은 어려운 작업이야. 하지만 별은 우리 스스로가 너희들에게 호소하기를 바랐다. 그 스스로가 말을 한다면 믿기 힘들 수 있고, 우리의 지식을 빌려 그가 우리인 척 이야기한다면 그것은 거짓이 될 테니까. 그렇기에, 별은 우리가 수용할 수 있도록 침묵했다. 짧고도 긴 시간을 견뎠다. 특히나 세 명의 기둥 중 하나가 온전하지 못한 상태이기에 더욱, 그는 인내심을 가져야 했다. 그렇기에 우린 그의 기특함에 보답하려 한다."

그렇게 말하는 아포리엘은 전투 자세를 잡았다.

"무슨 알아먹지도 못할 소리를… 원하는 게 뭐야?"

그러자 아포리엘은 몸을 낮춘 자세를 유지한 채 손을 앞으로 뻗으며 말했다.

"그와 너와 나, 우리 모두의… 구원. 스스로라는 한계로부터 벗어날 수 있는 영원."

그리고 그것은 잠시 침묵하다가 이내 다시 말을 이어나갔다.

"오랫동안 별은 우리와 대화하기를 원했다. 순간의 오판으로 우리의 고통을 늘리고 적대감을 키운 침묵이 지속된 것에 그는 슬퍼했지만, 그를 위하는 우리를 생각해 그는 그 슬픔을 견뎠다. 그는 미안하게 여기고 있다. 그의 침묵으로 발생한 수많은 희생들. 그리고… 네가 겪게 된 슬픔까지도."

현철은 그가 무엇에 대해 이야기하는지 직감할 수 있었기에, 그에게 격분하며 소리쳤다.

"그걸 어떻게 알고 있지? 넌 대체 뭐야!"

그러자 그는 오른팔을 단검의 형태로 변화시켰다. 마치 그의 입에서 다음에 어떤 말이 튀어나오든 현철이 이성을 잃을 것이라는 걸 알고 있다는 듯이.

"나를 알아보지 못하겠나? 나는 너의 오랜 친구였지 않나. 박성현이라는 이름을 이미 잊은 건가?"

그 말을 듣자마자 현철은 자신의 이점이 방어에 있다는 것을 잊고 무작정 그것에게 달려들었다.

아포리엘은 현철의 검을 자신의 검날로 가볍게 받아넘겨 머리 위로 쳐올리고는 왼발로 현철의 복부를 걷어찼다.

현철은 그 발길질을 왼 팔목의 쿠스토 장갑으로 받아내었으나, 그 충격은 현철을 뒤로 3m가량이나 밀어내었다.

현철의 왼 팔목 장갑판은 찌그러지고 파였으며, 부서진 파편들이 팔목의 살을 깊게 저며내고 들어가 금이 간 뼈까지 박혀버렸다.

그제서야 현철은 자신이 성급했다는 것도, 자신의 이점을 순간의 흥분으로 잃어버렸다는 것도 알 수 있었다.

하지만 현철은 그렇게라도 부정하지 않는다면 이자가 말하는 것이 진실이라고 믿어버릴 것 같았기에, 그리고 그렇다는 것은 별이 떨어진 후 자신과 자신의 동료들이 살아오던 삶, 희생이라고 생각했던 것, 그리고 희망하는 바의 대부분이 헛된 것이었다는 게 되기 때문에 도저히 그 순간에선 받아들일 수 없었던 것이다.

그리고 자신을 현철의 오래된, 죽은 친구라 주장하는 이 앞의 존재 역시 그 사실을 알고 있었기에 그것을 이용한 것이리라.

하지만 이 존재는 거짓을 말하기에는 모든 것이 이상했다.

이런 사소한 전술적 이득을 위해 거짓을 말하는 존재였다면, 왜 안개 속에서도, 현철이 오벨리스크에 넋이 나가있을 때도 자신에게 기습을 감행하지 않았나.

어째서 태양풍이 불어올 때는 쿠스토가 기동하지 못하는 걸 알고 있을 텐데도 굳이 돌풍이 멎을 때까지 기다려 주었는가.

이때 즈음엔 현철은 이미 그것이 진실을 말하고 있다는 것을, 그리고 그 말을 전하기 위해 기다렸다는 것을 알았지만 그것을 부정하고 싶은 일념밖에 들지 않았다.

현철은 부서진 왼팔을 늘어뜨리고 검을 역수로 쥐었다.

그리고 아포리엘에게 뛰어들며 검을 휘두를 것처럼 하다가, 아포리엘이 자세를 잡는 순간 뒤로 거리를 벌리면서 검을 있는 힘껏 던졌다.

아포리엘이 검을 쳐낼 동안 다시 가까이 온 그는 검을 쥐는 방법을 바꿀 때 몰래 빼서 손가락에 낀 검의 배터리를 아포리엘의 가슴께 피부의 틈 사이에 끼운 후에, 자신의 산소통을 빼내려고 했다.

이 방법은 일전에 박성현이 아포리엘에게 큰 충격을 줄 때 사용했던 방법이었다.

이것으로 현철이 위험에 빠지게 된다고 하더라도, 이걸 예측하지 못했다면 그는 박성현이 아니라는 것이다.

현철이 이곳에 온 목적은 애초에 그 스스로를 위한 것이었지만, 그는 애초부터 자신이 인간을 위해 헌신하겠다는 일념으로 탐사대의 여명부터 함께한 사람이었다.

아무리 그가 목적을 위해 탈주했다고 하더라도 그는 자신을 넘어 동료들 모두가 쌓아온 것들이 사실은 무의미하고 부진적인 것이다라는 것을 듣고 이성을 유지할 만큼 이기적인 사람이 아니었다.

현철은 그것의 말을 부정하겠다는 그 실낱같은 희망에 모든 것을 걸고 공격한 것이었다.

하지만 그 희망은 순식간에 무너졌다.

아포리엘은 왼손을 추가적으로 검의 형태로 변형시켜 산소통을 쥐고 떼려는 현철의 오른팔을 잘라버린 것이다.

그러고는 다시 그의 옆구리를 차서 그를 날려 보낸 후, 자신의 가슴께에 박힌 검의 배터리를 쥐고 옆으로 던져버렸다.

"내가 사용한 방법인데 이게 나한테 통하리라고 생각하진 않았겠지. 그리도 나를 부정하고 싶었나?"

현철은 팔이 절단된 격통으로 말미암은 쇼크와 옆구리를 차이면서 쭈그러든 폐에 공기가 제대로 들어오지 않으면서 생긴 산소 부족에 시달리며 동공이 흔들리고 정상적인 사고를 하기가 힘들어졌다.

도저히 다물어지지 않는 입에서는 침이 흘러나왔고 고통을 없애려고 몸을 비틀 때마다 괴로운 폐가 비명을 질러댔다.

한참 동안 저항 없이 터져 나오는 비명을 지르며 지렁이처럼 땅에 박힌 채 뒹굴던 그는 조금 진정이 되자 겨우 무릎을 땅에 대고 몸을 일으킬 수 있을 만큼은 침착해졌다.

　그렇게 안정될 때까지 기다려준 아포리엘은 그제서야 차분하게 말을 이어나갔다.

　"아직도 과거에 좀먹히며 살아가나? 내가 되었든 너의 아내와 별이 되었든 이미 일어난 일들이 너나 다른 이의 잘못인지 아닌지 따위는 중요하지 않다. 솔직함으로 마주하고 현재만을 살아가라. 내가-그가 도와줄 수 있다. 답을 줄 수 있다."

　그런 말을 들었음에도 현철은 악을 지르며 아포리엘에게 달려들었다.

　"넌 이미 내가 진실을 말한다는 것을 알고 있다. 그럼에도 네가 싸우는 것은 너와 동료들의 과거의 행적을 위해서가 아니지 않은가. 그저 너는 아직도 스스로를 용서할 준비가 되지 않은 것 아닌가? 그렇다면 네가 자신을 용서할 수 없는 이유는 무엇인가. 그건 친구와 동료, 나아가 아내와 딸을 지키지 못해서가 아니지 않나. 솔직하게 마주하고 수용해다오."

　그렇게 말하며 박성현이라는 이름을 가졌던 자는 현철의 어깨를 잡아 무릎 꿇리고는 현철의 심장에 검으로 변한 자신의 오른팔을 깊게 박아 넣었다.

　검에 새겨진 혈관에 보라색 혈류가 흐르고, 현철의 심장에 검고 작은 입자들이 들어가자 현철은 새로움을 느꼈다.

그는 느려져 가는 시간 감각 속에서 이제껏 느끼지 못했던 고양감과 오랫동안 잊고 있던 진정한 의미의 희망을 느꼈다.

그제서야 술집에서 만난 노인의 동료들이 받아들인 선물의 진가를 깨달은 그는 자신이 마주 보기엔 너무나 부끄러웠던 자신의 가장 깊은 족쇄를 보이기 시작했다.

"난 아내를 누구보다 사랑했소. 그녀를 만난 것은 운명이라고 생각했었지. 하지만 상냥하고 아름다웠던 아내는… 별이 떨어지고 난 후부터 급격하게 성격이 바뀌기 시작했소. 엄청난 스트레스를 받는 게 눈으로 보일 정도였지. 그녀는 날 사랑하면서도 증오했소. 한순간에 세상을 다 줄 것처럼 사랑해 주는가 하면 다른 순간에 나를 죽일 듯이 원망했지. 내가 탐사대에 지원한 걸 말이야. 그러는 새에 우리 사이에 아이가 생겼소. 하지만 나는 그 아이가 내 아이인지조차 의심했지. 당시에 우리 사이는 그녀의 짜증을 견디지 못하는 내가 임무에 목을 매고 있을 때였고, 그녀가 임신 소식을 들려줬을 때는 내가 임무에서 돌아온 직후니까. 그렇다고 우리가 서로를 사랑하지 않는 것도 아니었기에 자신의 딸인지 아닌지 명확하게 알 수 없다는 사실이 나를 가장 미치게 만들었소. 한순간도 서로의 사랑을 의심해 본 적이 없다는 것은 내가 그렇게 믿지 않기 때문에 나 스스로를 타이르려고 하는 말이었소. 사랑을 의심해본 것은 정작 그녀가 아니라 내 자신이었는데 말이오. 내가 자신을 용서할 수 없는 진짜 이유는 아이가 자라고 치안이 점점 악화되면서 그녀가 가장 정신적으로 불안정했을 때, 아내와 딸이 가장 나를 필요로 할 때 내가 그들에게서 잠시라도 벗어나기 위해 원정에 지원했기 때문이오. 그리고… 그리고 내 가족이 사망했다는 소식을 들었을 때… 내 가슴 깊은 곳 어딘가에서 아주 조금 안심해 버렸다는 것이오."

현철은 신에게 용서를 비는 것처럼 무릎 꿇은 채로 장막 너머의 하늘을 올려다보며 호소했다.

"자신을 용서할 수 없었던 나는 그저 빈 껍데기였고, 친구라고 불렀던 자를 내 생각을 내 감정으로부터 멀어지게 하기 위한 도구로써 사용했었소. 그렇게 그가 희생했을 때에도 그것에 별 특별한 감정을 느낄 수 없었기에 나는 그런 자신을 더욱 혐오하게 된 것이라오." 이제 현철은 애원이라도 하는 것처럼 그것의 다리를 부둥켜안고 말했다. "그러나 나는 여전히 아내를 무엇보다 사랑하오. 내 소원을 들어주시오. 아내와 딸을 돌려주시오. 뭐든 바치겠어. 제발, 내 세상을 돌려주시오."

그런 현철을 보며 그것은 고개를 숙였다.

그 목소리는 근엄한 남성의 것이 되어있었다.

"그 무엇도 죽은 것을 되살릴 수는 없네. 만약 내가 죽은 이의 마음을, 몸을, 기억을 재구축할 수 있었다고 해도 그렇게 만들어진 이들은 이미 자네가 사랑했던 존재와는 별개의 개체라네. 죽음이란 그런 것이지. 완전하게 죽은 이는 연속성에서 단절된다네. 그자를 그대로,

본인 스스로라고 할 수 있는 정신마저도 복사해서 다시 만든다고 해도 그건 새로운 개체일 뿐, 원래 있었던 개체가 아니라네. 이미 진실로서 그 개체가 끝났다고 새겨졌기 때문이야. 자네가 사랑했던 이들의 존재는 영원한 종언을 고했고, 진실이라는 것은 진정 영원하기 때문에 한 번 새겨진다면 바꿀 수 있는 방법은 없네." 그러면서 성현의 몸을 빌린 젊은 별은 현철의 앞에 주먹을 들어 보이곤 검지손가락을 펼쳤다가 접었다. "이 손가락이 보이나? 이 손가락은 방금 펴졌다가 접어졌네. 이 손가락의 변화는 그 어떤 영향도 주위에 줄 수 없어. 보기에는 아예 손가락을 편 적이 없는 것으로도 보이지. 자네와 나를 제외하면 이것이 펴졌다가 접혔다는 것을 아는 사람은 없을걸세. 그리고 얼마 가지 않아 그런 사실이 우리의 기억 밑바닥으로 가라앉게 되면, 이 손가락의 변화를 기억하는 존재는 사라질걸세. 하지만 이 손가락이 펴졌다가 접혔다는 것은 진실이고, 그것이 어떤 영향을 가지고 있건 그 진실은 불변한다네. 그것이 진정한 영원이고, 이 우주의 모든 것이 하나로 뭉쳐질 때까지 지속될 인과라네. 모든 존재의 모든 인과는 그렇게 영원을 낳기에, 우리는 너무나도 특별하고도 슬픈 존재라네."

현철이 그를 올려다보며 물었다.

"어째서 우리는 영원을 낳는다는 것을 인지할 수 있음에도 슬픈 것이오?"

별은 그의 어깨에 손을 올리며 말했다.

"우리가 무지하기 때문이라네. 모든 지적 존재의 슬픔과 불행은 무지로부터 나온다네. 그것은 그 누구도 다음 순간에 일어날 일을 모르기 때문이야. 그 누구도 이 우주의 모든 진실을 알지 못하기에, 그 진실이 남길 인과의 다음을 읽을 수 없네. 자신과 함께 살아가는 이들의 생각과 가능성에 대해 무지하고, 자신을 둘러싸고 있는 것들에 대해 무지하며, 자신과 관계가 없는 것들에 대해 무지하다네. 그렇기에 항상 우리는 예측하지 못한 결과에 울고, 기대했던 것에 실망하며 미래를 두려워하고 걱정한다네. 우주의 법칙과 그 안에 흐르는 존재들은 신의 피와 살이네. 그 모든 것을 이해하고 알게 된다면, 우린 한순간 후의 완벽한 미래를, 그리고 그 뒤에 이어지는 무한한 진실을 알게 될 것이네. 인과와 진실이라는 신의 형상에 근접하는 것일세. 이제 부탁을 해야겠네. 우리 모두의 미래에 어떤 불행도 일어나지 않도록, 광활한 어둠 너머 아무도 모른 채 잊혀지는 모든 것들의 진실을 알 때까지 우리와 함께해 주겠나?"

현철은 어느 순간부터 흐르던 눈물을 닦아내고 결심을 굳혔다.

그는 의지가 재생한 눈으로 별을 보았다.

"누구도 다시는 슬픔이라는 것을 겪지 않아도 되도록."

그의 마음속 깊은 곳에서 무언가가 굴러가는 소리가 들렸다.

사
랑
의

장

진은 자신의 세계가 먼지가 되어 흩어진 것만 같은 거대한 상실감에 휩싸였다.

자신의 판단과 결단이 필요한 사람들이 있음에도 불구하고, 그녀는 제 몸 하나 가누지 못한 채 불안감에 빠져들어 정처 없이 행군하는 부대들 사이를 표류할 뿐이었다.

전날 새벽녘에 떠난 선발대에서는 여전히 기별이 없었고, 그들을 찾으러 어젯밤 떠난 가장 실력 있는 특무원의 정찰대조차, 장막에 뒤틀린 햇빛이 동쪽 지평선에서 고개를 내민 지 한참이 되도록 돌아오지 않고 있었다.

지금 당장이라도 린을 찾으러 100명이 넘는 대원들을 전부 이끌고 가고 싶었지만, 진에게는 그런 권한이 없었다.

본대의 임무는 따로 있었는데, 항간에 자주 들리기 시작한 출처불명의 소문에도 관계가 있는 것이었다.

심부로 가는 길은 발판이 불안정한 긴 황무지를 뚫고 가야 했으며 그 길의 도중에 상당히 많은 수의 변이한 괴물들과 아포리엘이 존재했다.

그렇기에 심부는 인명피해를 우려하여 최대 25명의 탐사대를 꾸리던 지금까지는 그 존재만을 파악했을 뿐 실제로 밟아본 적은 없는 땅이라 볼 수 있었다.

하지만 쿠스토의 완성으로 대규모 부대 파견이 결정된 순간, 이제껏 미지의 영역이었던 내부의 3할을 차지하는 공간, 위성이 떠있던 시절 포착된 식별 가능한 몇 안 되는 사진에 의하면 푸르스름한 보라색 빛을 내는, 안개에 감싸인 대지를 탐험할 시간이 다가온 것이었다.

그에 더해, 탐사대 외부의 민간 구역에서 떠도는 심부에 관한 소문의 진위 여부에 대해 조사할 필요성도 있었다.

그 이야기는 바라는 인간의 몸으로 그 땅을 밟는 이들에게 소원을 이루어주는 외계의 존재에 관한 것이었는데, 민간에서 알 리가 없는 심부의 토지 색과 안개를 정확하게 언급한다는 점에서 그 진위 여부를 판단하는 데에 의혹이 들게 했다.

때문에 그러한 이유들과 쿠스토의 전투능력 데이터를 수집한다는 점도 있었기에, 첫 대규모 파견의 목적은 심부의 탐사와 그 특성을 파악하는 것이었다.

진은 린을 구조하는 가장 이상적인 방법은 빠르게 심부의 환경을 조사하고 귀환길에 선발대의 행방을 수색하는 것이라는 걸 알고 있었으나, 초조한 마음은 괜스레 발길을 어수선하게 만들뿐이었다.

그녀는 린의 생환 확률이 어느 정도 되는지 고려하는 것으로 머릿속이 가득 차있었다.

본부의 계산에 따르면 아포리엘과 쿠스토를 착용한 탐사대원이 평균적인 전투를 할 경우 4명 이상이 한 체와 교전하면 성공적인 제거가 가능하다는 결과를 낸 적이 있다.

본부가 아포리엘의 능력을 객관적으로 판단하고 있지 못하는 것은 사실이었으나, 그렇다고 해도 진 역시 전력을 다하는 아포리엘을 상대로 6명이나 7명이 전투를 개시하면 충분히 압도할 수 있다고 보고 있긴 하였다.

비스타와 비교해 압도적인 성능을 지닌 쿠스토를 장착한 대원 30명이라면 보통 단일 개체로 활동하는 아포리엘에게 당할 리도 없었고, 변이 동물들도 그들을 습격하려면 거대한 무리를 이루지 않고서야 불가능한 일인데 그럴 가능성은 희박했다.

그런 가능성들의 열거만이 지금 진이 정신을 잃지 않게 붙잡아주는 요소였던 것이다. 본대는 지체하는 시간 없이 심부로 끊임없이 진군을 이어갔다.

이미 합류시간이 늦어버렸기 때문에, 선발대나 정찰대가 만약 임무를 완수했거나 생존자가 있다면, 기존의 합류지역에서 본대가 떠났다는 것을 파악하고 바로 도시로 돌아갈 계획이 짜여져 있었다.

만약 선발대가 성공했거나 린이 생존했다면 도시로 이미 출발했을 수도 있었다.

진은 그렇게 생각하고 나서야 겨우 임무에 집중하기로 마음먹을 수 있었다.

100인이 넘는 수색대의 행군을 방해하는 변이 짐승들은 그리 많지 않았기에 그들의 길은 수월했고, 아포리엘들 역시 100인이 넘어가는 적들과 싸우기는 힘들다고 판단했는지 자리를 뜨는 모습만 포착될 뿐이었다.

그들의 행군은 정오가 가까이 되어, 검푸른색의 침식이 토지 위에 드문드문 드러나기 시작하고 눈에 보이는 곳에 광활한 푸른 보랏빛의 대지가 드러났을 때 멈췄다.

그 대지의 더욱 안쪽, 색이 조금씩 더 진해지기 시작하는 곳에 심부의 시작을 알리듯 신비로운 색상의 안개가 드리워져 있었는데, 그 사이를 심부의 침식된 토지에 흐르는 에너지를 빨아먹고자 모인 짐승들과 아포리엘이 지키고 있을 것임에 분명했다.

탐사대의 심부 진입은 밤에 이루어질 예정이었다.

해가 지고 짐승들이 수면을 위해 흩어지면 진입하는 것이 가장 효율이 좋다고 볼 수 있었기 때문이며, 짙은 안개 속에서는 낮이든 밤이든 쿠스토의 어깨에 수납된 전조등을 가동시키지 않고서는 앞을 볼 수 없다고 판단했기 때문이다.

그러니 짐승과 아포리엘의 행동이 거의 관측되지 않는 밤이 옳은 선택이라 볼 수 있으리라.

태양이 아직 중천에 머무르는 동안 숙영지의 마련이 완료되고, 탐사대는 차폐막으로 둘러싸인 숙영지 안에서 각자의 숙소를 만들어 엑소-스켈레톤을 충전하고 식사를 한 후 심부 진입 전 마지막 휴식을 취했다.

자신의 캠프에 들어온 진의 마음은 시간이 지날수록 심란함을 더해갔으나 동시에 목표에 가까워졌으니 곧 린을 찾으러 갈 수 있다고 스스로를 다잡고 있었다.

그렇게 임무 전 마지막 휴식을 취하기 위해 이부자리에 누운 진은 자신도 모르는 새에 잠에 빠져들어 린의 꿈을 꾸었다.

언제 적 본 푸른 들판 위에 앉아있는 린의 뒷모습을 보자, 진은 안도하며 그녀를 끌어안았다.

그러나 린의 몸은 이내 갈라지며 가루가 되어 사라져 버리고, 그 속에서 검은 새가 푸른 하늘로 날아갔다.

태양보다 멀리 가버리겠어, 놓지 말아야 해.

그녀는 그리 생각했지만, 진이 새에게 뻗은 손은 사슬이 되어 스스로의 몸을 묶고 있었다.

새를 쫓기 위해 자리에서 일어선 진은 어느샌가 어두운 계단 앞에 서있었다.

계단 끝에는 미약한 빛이 내리쬐고 있었다.

계단을 밟고 올라갈 때마다 돌이 잘게 부서지는 것 같은 소리가 났다.

진은 자신이 무엇을 밟는지 알고 싶었으나, 빛에서 눈을 돌리면 새의 행방을 놓칠까 두려웠다.

계단을 다 올라가자, 거기에는 액체로 이루어진 벽이 있었는데, 그것은 거울처럼 진의 모습을 비췄으나 상의 반대편에 있는 것은 린의 모습이었다.

진은 그 액체 속에 빠져들어 갔다.

아늑하고 깊은 어둠 속에 가라앉던 진은 어둠의 바닥에서 빛나는 형체를 보았다.

그 앞까지 내려가자, 그것의 모습이 명확해졌다.

그것은 무릎 꿇고 기도하고 있는 린이었다.

진은 린과 마주 보며 무릎 꿇고 앉은 채 그녀처럼 두 손을 모았다.

어느새 손은 사슬의 형태에서 돌아와 있었다.

진은 기도하기 시작했다.

부디-

어깨를 끌어당기는 흔들림에 눈을 뜬 진은 잠에서 완전히 깨어나지 못한 듯 몽롱한 머리를 들고 자신을 깨우는 부관을 올려다보았다.

그녀답지 않게 깊은 잠을 자느라 출발 전의 브리핑에 늦었다는 것을 걱정하는 부관을 캠프 밖으로 내보낸 진은 손거울을 꺼내 머리를 정리하며 그녀가 간밤에 꾼 꿈을 떠올리려 하였지만, 가장 중요한 것을 잊어버린 듯 공허해진 기억에는 아무것도 떠오르지 않았다.

그뿐 아니라 떠올리고 싶지 않다는 느낌까지 어렴풋하게 받고 있었다.

얼마 가지 않아 부대가 최종준비를 완료하였을 때는 이미 기묘한 꿈을 꾸었다는 것조차 잊어버리고 있었다.

진은 부대가 출발하기 전 최종 목적지를 훑어보기 위해 완전히 무장을 한 채 숙영지 밖에 있는 낮은 능선을 걸어 올라갔다.

침식의 징조가 조금씩 보이기 시작하는 땅의 끝자락에서 두어 시간, 펼쳐진 시계의 종점에는 기묘한 색의 안개가 경계선을 만들고 있었는데, 그 앞의 대지는 이상하리만큼 황량했다. 물론 밤에 짐승이나 아포리엘의 활동이 적다는 것을 노린 작전이기도 했으나, 그럼에도 이질감이 들 만큼 황량한 평야는 왠지 모를 불안감을 진에게 심어줬다.

얼마 지나지 않아 본대가 출정할 때에도 진은 그 불안감을 지울 수가 없었다.

그러나 안개 앞까지 행군하는 탐사대의 길은 굉장히 순탄했다.

덮쳐오는 짐승이나 괴물의 흔적도 없었고, 연구용으로 수집할 침식된 토지의 샘플들은 쉽게 용기에 보관할 수 있었다.

하늘을 가리던 구름이 걷히고, 별과 달의 빛이 이질적인 토지를 비추자 그 독특한 색에 반사된 빛이 심우주 속을 발로 걸어가는 것처럼 아름다운 광경을 선사했다.

진을 포함한 많은 이들이 이곳에서는 흔하겠지만 인간에게는 진귀할 광경을 목도하고는 조금씩 마음을 풀어갔다.

진은 많은 이들과 감정을 공유하자 탐사대 전체가 소속감을 넘어 어떤 하나의 생물체처럼 느껴지는 감각까지 경험할 수 있었다.

그렇게 성가시고 위험한 태양풍마저도 이 시간을 방해하진 않았다.

그런 식으로 1시간가량을 행군하고 수집한 탐사대는 이윽고 안개 앞에 도착하게 되었다.

그 안에선 어떤 일이 일어날지도 몰랐고, 자신들이 가진 장비가 제대로 작동할 수 있는지조차도 알 수 없었지만 탐사대의 모든 이들은 반드시 무언가가 바뀌리라는 확신을 갖고 한 명 한 명씩 안개 속으로 발을 디디기 시작했다.

진 역시 직감적으로 이곳을 넘어가면 이전의 자신과 다른 이가 될 것이라는 생각이 스쳤으나, 그럼에도 린을 다시 만나기 위해선 이곳에 들어가야 한다는 느낌을 받았다.

그것은 임무의 목적이 이 안개 내부를 탐사하는 것이기 때문일지도 몰랐지만, 그녀는 그 이상의 무언가가 있다는 생각을 떨칠 수 없었던 것이다.

그리곤 진 역시 안개 속으로 발을 들였다. 안개 속은 쥐죽은 듯이 고요했다.

안개가 일종의 방음벽으로써 작용하는 것인지 주변을 걷는 이들의 발걸음 소리조차도 듣기 힘들었다.

아무래도 안개 속으로 들어오면 소원을 들어준다고 속삭이는 외계의 존재는 역시나 사람들의 말들이 구전되며 부풀려진 소문에 불과한 듯했다.

그러는 중에 확실히 알 수 있게 술렁거리는 소리가 진영을 타고 퍼지기 시작했다.

조금 옆으로 걸어가 그녀의 곁에서 행군하고 있던 부관에게 상황을 물어보자 누군가가 자신을 부르는 소리가 들린다는 사람들이 생겨나고 있다는 것이었다.

소란은 걷잡을 수 없이 커져갔고, 이내 여기저기에서 소대장들이 정숙을 강요하는 외침을 질러대기 시작했다.

진 역시 부관을 통해 소리 지르지 말되 옆 사람에게 안개 속에 방독면에 걸러지지 않는, 환청을 일으키는 물질이 섞여있으니 주의하라는 전파사항을 전달하게 했다.

얼마 지나지 않아 소란의 소리가 줄어들었다. 진과 그녀의 오른쪽에서 행군 중이던 본대장은 피해의 여부가 있는지 파악하기 위해 각 소대에게 인원보고 할 것을 전파했다.

그러나 돌아오는 인원보고가 정상적이지 않았다.

십오여 개의 소대로 나뉘어진 본대는 총 160명에 가까운 인원을 보유하고 있었으나, 그중 두 개 소대와 특무원들이 선발대나 정찰대 등으로 빠져나가고 남은 인원은 130여 명가량이었다.

그런데 지금 보고가 돌아오는 소대는 총 여섯 개로, 간부를 포함하여도 70여 명 가량의 인원밖에 되지 않았다.

절반에 달하는 병력이 순식간에 사라져버린 것이다.

그렇다면 소란이 잠잠해진 것은 진이 전파한 주의사항을 받아들인 것 때문이 아니라, 그저 누군가가 부르는 소리를 들은 인원들이 사라졌기 때문인 것일까?

더욱이 괴이한 점은, 그 누구도 전투가 일어났다는 보고를 하지는 않은 것이다.

아무리 아포리엘의 능력이 뛰어나고 시계가 좋지 않다고 하더라도, 쿠스토를 착용한 그 많은 전투인원을 상대로 소음을 내지 않고 처치한다는 것은 있을 수가 없는 일이었다.

오히려 대규모 전투가 아닌 이상 아포리엘 측도 병사 60명 이상을 없애기 위해선 큰 손실을 볼 것이라 예상할 수 있었다.

그럼 60명이 넘는 병사들이 제 발로 죽으러 걸어가기라도 했다는 소리인가?

그렇게 진이 생각하고 있을때, 그녀 앞의 짙은 안개에서 누군가가 지나가는 것이 보였다.

푸르스름한 안개에 가렸지만 그 길고 매끈하게 말총 모양으로 땋은 머리와 늘씬한 목은 잊기 힘든 뒷모습이었다.

진이 마지막으로 본 린의 모습이기도 했다.

진은 조금 더 자세히 보기 위해 각도를 바꿨다. 거기에 있는 건 아무리 봐도 린이었다.

그런데 그녀는 진이 마지막으로 기억하는 모습보다 왠지 조금 더 어려 보였다.

뒷모습만 보더라도 조금 더 앳되다는 느낌을 받을 수 있었는데, 그녀는 누군가의 손을 잡고 있었다.

린의 손을 잡고 있는 것은 백색으로 아주 옅게 발광하는 하얀 천을 걸친 소년이었다.

그는 십 대 초반으로 보이는 어린 나이에도 불구하고 고혹적이라고 할 수 있을 만큼 아름답고 중성적인 외모를 갖고 있었는데, 그 미묘한 생김새는 진의 본능에 웬지 모를 거부감을 불러일으켰다.

소년은 그 매력적인 눈으로 진을 잠깐 흘깃하고 쳐다보더니 이내 시선을 다시 앞으로 돌리곤 린의 팔을 잡아끌었다.

린은 그리고 그 소년의 손을 꼭 쥔 채 그를 잰걸음으로 따라가는 것이었다.

진은 순식간에 가슴이 내려앉을 것 같은 불안감에 휩싸여 린의 모습을 놓치지 않고자 그녀를 따라갔다.

더 짙은 안개 속으로 발을 내딛으려는 순간, 누군가가 뒤에서 진의 어깨를 붙잡았다.

분노에 가까운 짜증을 내며 돌아본 곳에는 진의 부관이 두려움에 찬 표정으로 그녀의 어깨를 꽉 잡고 있었다.

그 표정을 보고 정신이 돌아온 진은 자신이 대열에서 벗어나고 있었다는 사실을 깨달았다.

그리고 다시 정면을 보자 깊은 안개 속에서 진보다 키가 좀 더 큰 인간형의 그림자가 멀어지는 것이 보였다.

진은 기겁을 하며 진영으로 복귀하려 했으나, 얼마 가지 않아 자신의 주변에 수많은 육중한 걸음 소리들이 들린다는 것을 알아차렸다.

진은 심호흡을 하고 가능한 한 크게 소리쳤다.

"전원 전투 준비!!"

그러자 고요한 적막을 깨고 주위에서 초진동검의 전원을 켜고 진동 강도를 높이면서 진동이 안개와 공기를 때리고 찌르르르 하며 울리는 거대한 소리가 들렸다.

반대편의 안개 속에서 역시 당연하게도 탐사대의 의도를 눈치채고 아포리엘이 몸을 변형하는 소리가 많이 들렸다.

그 소리의 크기로 볼 때 최소 30체는 되지 않을까 싶었다.

불리한 싸움이지만, 가망이 없지는 않다.

진은 다시 한번 크게 명령했다.

"전원, 일점 돌파 대형! 대형 기준 중앙! 돌격!"

순간적으로 탐사대의 병사들이 자세를 바꾸는 소리가 들렸고, 진은 그 모습은 보이지 않으나 동료들이 함께하는 것을 믿고 자신이 일점 돌파의 기준으로서 가장 빠르게 앞으로 돌진했다.

깊은 안개를 뚫고 진의 눈에 처음 들어온 것은 그녀의 하복부를 노리고 날아온 날카롭고 긴 날이었다.

진은 그걸 왼손으로 눌러 그 날을 타고 넘듯이 빼어난 동작으로 피하면서 오른손에 쥔 진동 날을 자신을 공격한 아포리엘의 목을 노리고 찔러넣었다.

아포리엘이 다른 손을 방패처럼 얇고 넓게 변형시켜 그 공격을 막자마자 바로 뒤에서 달려온 그녀의 부관이 방어되지 않은 아포리엘의 하복부에 검을 깊이 쑤셔 넣고 한 바퀴 돌리면서 밖으로 베어냈다.

아포리엘은 중심을 잃고 휘청거렸는데, 그때 바로 진이 자세를 못잡는 아포리엘의 머리를 깔끔하게 내리쳐 떨어뜨렸다.

아포리엘은 머리를 내리쳐도 죽지 않지만 그 와중에 몸의 앞뒤로 팔을 방패처럼 만들어 심장을 지키는 아포리엘에게 마무리 일격을 가하려면 시간이 오래 걸렸다.

대신 녀석이 재생하는 데에는 오랜 시간이 걸릴 테니 여기를 돌파

구로 삼을 수 있었다.

진은 옆의 아포리엘이 내리치는 공격을 간신히 막아내며 명령했다.

"모두 이곳으로 돌파해! 한 놈을 쓰러뜨렸다!"

그러자 아직 돌격해오고 있는 이들이나 대형 중앙을 파악하지 못해 다른 곳에서 교전을 시작한 이들이 가운데로 후퇴 혹은 돌격해오며 순간적으로 다수 대 소수의 상황이 만들어지고 주변을 막는 3체의 아포리엘을 순식간에 더 쓰러뜨렸다.

진은 돌파구가 완전히 확보되었다고 판단하고 소리 질렀다.

"이대로 쭉 전진해! 안개를 빠져나갈 때까지 달린다!"

그리곤 탐사대는 전력을 다해 안개 속으로 질주했다.

인공위성이 떨어지기 전 찍은 사진에 의하면 심부의 안개는 도넛과 같은 형태였다.

그 도넛의 안쪽은 굉장히 낮게 체공하는 짙은 먹구름 같은 무언가로 항상 가려져 있었기에 파악이 불가능했으나, 그 구름은 심부의 안개까지 덮고 있지는 않았기에 구름의 크기가 줄어드는 날에는 심부의 안개가 고리의 형태라는 것을 알 수 있었던 것이다.

이 자료는 이전 형태의 정부가 아직 존재했을 때 확보한 기록이었으며, 탐사대 내의 간부들에게 제공된 정보였다.

즉, 탐사대의 진정한 목적은 침식이 시작된 토지도, 안개 속의 환경도 아닌, 인공위성으로 확보하지 못한 그 안쪽의 진정한 심부를 목도하는 것이었다.

그 과정이 이렇게나 험난할 거라고 상상하진 못했지만, 지금 와서 생각해보면 어째서 가능할 거라 생각했는지 의문이 들 정도로 위험한 임무였다.

왜냐하면 심부에 있는 존재가 무엇이든, 그것은 장막을 만든 존재임에 틀림없었고 그것이 먹구름을 만들었다는 것은 우리에게 그 안에 있는 것을 보여주고 싶지 않다라는 것과 다름없었기 때문이다.

그렇다면 그 심부의 존재를 따르는 아포리엘들이 평소 같지 않게 조직적으로 행동할 수 있다는 것도 계산에 넣었어야 했다.

다만, 아포리엘들은 탐사대의 목적을 모를 것이기 때문에 이렇게 명백한 함정을 설치할 수 있을 가능성을 고려하진 못했다.

그것도 이런 정확도로 이런 포위망을 준비한 것은 그 안개 속에 인간이 알지 못하는 일종의 경보장치가 있거나 어딘가에서 정보를 획득했다고밖에 생각할 수 없었다.

죽어라 달리면서 그런 특이사항을 생각하고 있던 진의 눈에 어느 순간 안개를 뚫고 밝은 빛이 스며드는 게 보이기 시작했다.

진은 곧바로 남은 인원을 지휘해 안개의 밖으로 전력을 다해 뛰어나왔다.

검은 먹구름이 짙고 낮게 깔린 하늘, 밤인데도 불구하고 어디서 나오는지 모를 광원이 구름 낀 대낮처럼 밝게 비추는 광활한 군청색 평야와 그 끝에 작게 보이는 외뿔, 혹은 각뿔처럼 생긴 무언가.

비현실적인 광경에 사로잡혀 있을 틈도 없이, 진과 대장은 남은 인원을 파악하기 시작했다. 40명 정도의 인원이 안개 밖으로 빠져나와 있었다.

생각보다 적게 살아남았다는 것에 살짝 죄책감을 느끼는 진이었으나, 그런 자기반성을 할 시간 따윈 없었다.

빠르게 엄폐물을 찾아 아포리엘을 따돌리고, 여기의 풍경을 스케치하고 환경 샘플을 확보한 뒤, 도시로 복귀하거나 중간에 흔적을 쫓아 린을 찾아야 했다.

아직 아포리엘들은 안개를 빠져나오지 못했다.

진은 일부러 추적이 붙을 것을 감안하고 선두로서 방향을 틀어가며 달려왔던 것이다.

아포리엘들이 탐사대가 어디까지 왔는지 알 방법은 없었다.

즉시 이동을 개시하려는 진의 시야에, 지평선에 걸친 기다란 각뿔, 오벨리스크가 들어왔다.

그 오벨리스크에서 무언가가 빛났다.

원뿔의 끝에서 백색광이 빛나고, 무언가가 일어날 것이라는 판단이 서기도 전에 무언가의 외침, 포효 혹은 절규 같은 것이 탐사대를 덮쳤다.

그것은 마치 성대가 찢어질 때까지 소리를 지르는 소녀의 목소리와 같았고, 괴로움인지 희열인지 모를 여자의 부르짖음과 같은 소리였다.

다만, 그 소리의 여파는 수색대가 서있는 지표를 뒤흔들어 버릴 만큼 거대하고 강렬했다.

그 소리의 충격파가 지나가자, 진을 포함한 모든 이들이, 마비된 듯 정지했다.

그리곤 근육들이 스스로 투쟁하기를 포기한 것처럼 힘을 잃어버리고, 탐사대의 전원이 장비를 떨어뜨린 채 제자리에 주저앉았다.

상황을 파악하긴커녕 고개조차 들지 못한 채 주저앉은 진의 무릎 아래에서, 무언가 연기 같은 게 스멀스멀 피어오르는 것이 보였다.

안개였다.

어찌 된 영문인지 알지도 못한 채, 갑자기 스며져 나오는 안개에 휩싸여 모든 이들은 서로에게서 고립되었다.

안개가 빛과 소리를 잘라내어 분리시키기라도 한 듯 진의 시야에는 회색과 청색이 아른거리는 세상과 방독면 속을 맴돌며 분사되는 자신의 숨소리 외에는 어느 것도 보이지도, 들리지도 않았다.

진은 뒤늦게 안개에 성급히 발을 들인 것을 후회했지만, 그렇다고 무언가가 달라질 리도 없었다.

그저 탐사대가 세운 작전이 생각보다 허술했고, 인간이 아직 목도하지 못했던 존재는 생각보다 간사했을 뿐이었다.

하지만 진은 미지를 경계하지 않은 자신과 탐사대나, 안개 속에서 아포리엘을 마주했을 때 수확 없이 피해만을 안고 돌아가게 되더라도 퇴각 명령을 내렸어야 했던 대장을 원망하는 것보다 더 중요한 할 일이 있었다.

그녀는 린에게 돌아가야 했다.

아무리 노력해봐도 몸엔 심한 가위라도 눌린 듯이 힘이 하나도 들어가지 않았는데, 그럼에도 진은 끊임없이 일어서기 위해 안간힘을 썼다.

그때, 진의 앞으로 빛나는 무언가가 다가왔다.

그 형체는 일전에 보았던 소년이었다.

소년이 진의 뺨에 손을 가져다 대자, 진은 이전까지 느껴본 적이 없던 따스함과 밝음, 안개로 단절된 세상에 다시 이어졌다는 안심감을 선사했다.

진은 자연스럽게 눈물이 나올 뻔했으나, 그녀의 앞에 있는 이 존재가 무엇인지 이제 와서 짐작할 수 있었기에 도저히 그것을 허용할 수는 없었다.

진은 그것의 품에 얼굴을 묻고 울분을 토하고자 하는 욕구를 억누른 채 온 신경을 왼 다리를 일으키는 것에 집중시켰다.

소년은 놀란 듯이 말했다.

"무시무시할 정도로 거대한 집착이구나. 그것과 같을 정도로 짙고 강렬한 분노가 느껴진다. 어째서 그렇게 분노하는 것이니?"

진은 그 말에 화가 난 듯 눈을 매섭게 뜨고 소년을 노려보면서도 목에 핏대를 세울 만큼 다리에 힘을 주고 있을 뿐이었다.

"아, 역시 그 아이 때문이겠지. 린… 물론 지금 네가 짐작하는 대로 그녀는 우리와 함께 있어. 하지만 이건 알아줬으면 해. 나-우리는 그녀가 그토록 바라고 마땅히 가져야 했던 자유를 주었을 뿐이니까. 그녀의 걱정은 하지 않아도 된단다. 린은 지금 곤히 잠들어 있지만 곧 우리와 함께 눈을 뜨고 현실과 꿈을 함께 누비는 가족이 될 거니까. 물론 린과 내가 너무나 사랑하는 너 역시 함께할 거란다."

그가 린을 데리고 있다는 말을 듣자 진은 악을 쓰며 양손을 조금씩 움직여 다리를 일으켜 세우고, 겨우 구부린 무릎에 체중을 실어 있는 힘껏 일어설 수 있었다.

두 발로 일어서자 뇌가 다시 몸의 주도권을 되찾은 것처럼 신체의 구석까지 혈류가 도는 감각을 느낄 수 있었다.

몸을 다시 지배하자마자 그녀는 땅에 떨어진 검을 그러쥐고는 소년에게 휘둘렀다.

소년은 검이 닿자 허상처럼 일그러졌다가 다시 돌아왔다.

진은 검이 벨 실체가 있는 것이 아니라는 것을 단번에 알아차렸음에도 계속해서 소리를 지르면서 소년에게 검을 내질렀다.

"내게 분노하고 소리를 지른다고 변하는 건 아무것도 없다는 것을 알지 않니. 너의 그 분노는 진정 어디를 향하고 있는 거니?"

진은 목이 터질세라 소리 질렀다.

"뻔뻔한 연기는 집어치워! 내 동생을 어찌한 거야! 내가 사랑하는 사람을 해쳐놓고 내가 어디에 화를 내고 있는지 묻는 거야? 당장 내 동생을 돌려내!"

소년은 머금고 있던 미소를 지우고 표정을 살짝 찌푸리며 말했다.

"우리와 함께한다는 것은 모두가 그렇듯이 스스로의 의지에 의해서야. 너는 그녀의 자유를 속박할 권리가 없어. 지금의 너는 나보다 그녀를 사랑할 수 없기 때문이야. 지금에 와서는 너도 알 수 있을 테지. 나는 나와 너희라는 틀을 깨고 우리라는 하나로 만들 것이고, 진정으로 그러기 위해서는 너희가 그렇게 되기를 바라야 한다는걸. 그렇다면 다시 묻건대, 너는 누구에게 그 분노를 내고 있는 것이니? 린을 묶어두지 못한 자신? 린에게 자유를 준 나? 아니면… 우리와 함께하길 바란 린?"

진은 자신의 화를 주체하지 못하고 검을 휘두르다가 땅에 몇 번 내리쳐 부숴버렸다.

그러고는 탈진한 듯 자리에 주저앉아 오열하기 시작했다.

"제발 린을 돌려줘… 그 애가 없으면 나는….

소년은 진의 앞에 무릎 꿇고 그녀를 끌어안았다.

"린이 네가 아닌 자유를 택한 이유는 네가 그녀를 진정으로 사랑하지 않기 때문이야."

"그럴 리가 없어. 나는 누구보다도 린을⋯."

"네가 린에게 가지는 것은 깊은 사랑⋯ 그리고 그보다 더욱 거대한 소유욕이야. 사랑은 아름다움에 대한 동경이야. 아름다움은 각각의 개체가 생각하는 어떤 존재의 가장 이상적임에 가까운 형태지. 그렇기에 사랑은 이해란다. 단순히 지식으로서의 이해가 아닌, 자신이 알지 못하는 영역과 그것이 존재한다는 사실조차 이상적이라고 생각하는 이해야. 그렇기에 모든 사랑은 평등해야 해. 모든 이들, 모든 사물, 모든 존재에 이르기까지 사랑이 깊어지는 이유는 함께 보낸 시간, 공유하는 혈통, 공감하는 사상이 아닌 그저 깊어지는 이해뿐이어야 해. 이러한 이해가 수용을 낳고, 수용이 겹치면 헌신이 되지. 헌신이 결실을 맺어 사랑하는 존재가 자신의 이상에 가깝게 변화하면, 그것이 이해를 깊어지게 하고 곧 사랑이 깊어지게 되는 것이야. 그것은 사랑이 서로 다른 두 존재가 궁극적으로 하나의 존재가 되기를 바라는, 합일에 대한 근원적인 바람이기 때문이며, 진정 사랑이 깊어진다면 서로 점점 유사한 존재가 되어가기 때문이야. 하지만 이해, 수용, 헌신의 순환적 과정에서 헌신에 대가를 바라게 된다면, 그것은 곧 욕망으로 변질되게 된단다. 사람은 복잡하기 때문에 오히려 그 미묘한 차이를 인지하기 어려우니, 곧잘 깊어지는 욕망을 깊어지는 사랑으로 착각하곤 하지. 너도 마찬가지야. 네가 린에게 헌신한 만큼 그녀가 너에게 순종적이길 바랐기에, 너의 사랑은 욕망으로 바뀌어 그녀의 자유를 구속하는 사슬이 되었단다. 인간은 순수한 사랑을 할 수 있는 가능성이 있음에도 그걸 하기 너무나도 어려운 구조로 만들어져 버린 거야."

진은 자신을 끌어안은 소년을 함께 끌어안으며 물었다.

"어떻게 인간이 호의를 가진 누군가에게 바라는 것이 없을 수가 있겠어? 어떻게 다른 이들과 그녀를 같은 선상에 둘 수 있는 거야? 어떻게 하면 린을 사랑할 수 있는 거지?"

소년은 옅게 웃으며 진의 뒷머리를 쓰다듬었다.

검으로 벨 수 없던 유체적인 존재일 텐데 그 손길은 확실히 느껴졌고, 무엇보다 따뜻했다.

"하나이면 행복하지만 외롭고, 둘이면 외롭지 않지만 하나가 될 수 없어. 그러니 내 안에서 모두와 의식을 공유하는 하나가 되면서도 자신만의 감정, 자아를 가지고 마땅히 가져야 할 영원을 위한 육신을 움직이는 꿈을 꾸렴. 나를 위해 판단하되, 스스로의 선택을 의심하지 않으며 사랑하는 이들과 영원히 이어져 있으렴. 나를 사랑해주렴."

진은 어느 순간 사라진 소년 대신 손에 놓여진 작은 검보라색 돌을 손으로 감싸고 린을 만나길 바라며 눈을 감았다.

아직도 꿈의 내용은 기억나지 않았다.

영원의
장

탐사대 북부 지부의 옥상에서 데이빗은 저물어가는 태양을 보며 목을 타고 넘어가는 담배연기의 매캐함을 만끽하고 있었다.

능선에 걸쳐 반사되는 빛이 다홍색으로 물들인 아름다운 세상, 팔랑거리는 풍향계 위로 올라가며 오렌지빛 하늘에 흩어지는 회백색 연기.

데이빗은 이유를 굳이 생각해본 적은 없었으나 이곳에서 풍경을 바라보며 담배를 피우는 이 시간을 사랑했다.

거기엔 다른 장소와 시간에서 느낄 수 없는, 마치 자신만을 위해 신이 이 풍경을 잘라내어 따로 보관시켜준 듯한 애틋함이 있었다.

데이빗이 느긋하게 반틈 정도 남은 담배에서 담뱃재를 떨어뜨리고 있을 때, 누군가가 급하게 옥상 문을 열고 데이빗을 불렀다.

그것은 자신의 부반장 백서진이었다.

서진이 다급하게 외쳤다.

"반장, 선발대가 성공했습니다! 아포리엘을 생포했어요!"

그 말을 듣자마자 데이빗은 느긋한 시간을 방해받은 불쾌함을 말끔히 잊어버리고서는 잔쯤 남은 담배를 아무 데나 던져버린 후 계단으로 달려갔다.

급히 내려가는 동안 서진이 숨이 찬 목소리로 상황을 브리핑했다.

"그런데 뭔가 이상해요. 선발대가 가져간 강합금 구속구를 찬 채로 장막 경계 부근을 어슬렁거리던 것을 순찰반이 확인하긴 했습니다. 비교적 큰 신장과 독특한 뿔 구조를 띠고 있기에 관찰일지에서만 확인한 '아크' 타입이라고 보여집니다만 문제는 이 녀석을 데려왔을 선발대의 모습은 어디에서도 보이지 않았다는 것이에요. 급한 지원을 위해 본대에 합류했을 거라 보는 게 자연스럽긴 하지만 이상한 점은 그뿐만이 아닙니다. 순찰반이 녀석을 인양하러 내려갔을 때에도 그건 별 저항 없이 순순히 따라왔다고 해요. 장막 너머까지요. 다만, 순찰반의 관찰에 따르면 장막을 넘어오기 시작했을 때부터 몸에 균열이 생기기 시작한다고 하더군요. 저희가 예상했던 대로, 장막이 녀석들의 피부를 구성하는 미지의 입자끼리 서로 들러붙을 수 있도록 도와주는 물질을 공기 중에 내포하고 그 물질들이 사용하는 에너지를 전자기 돌풍으로 수급하는 방식이라는 것은 거의 확실시 되어 보입니다. 하지만 그렇다는 말은 저희가 연구에 녀석을 사용할 수 있는 시간이 많지 않다는 것이기도 하죠. 빠른 테스트와 분해작업이 요구될 거라 생각해서 한시가 바쁘게 찾아왔습니다."

데이빗 역시 그 이야기에서 어딘가 꺼림칙한 점이 있다고 생각되긴 했으나, 그가 생각하고 있던 것은 아포리엘의 구속구가 가지는 효용성에 관한 것이었다.

지금까지 탐사대가 모은 정보를 통해 유추한 바로는 아포리엘들은 신체의 피부가 되는 단단한 부위와 그 아래의 강력한 근육들을 변형, 팽창, 수축하여 압도적인 수준의 근력, 지구력, 절삭력, 내구력을 보유하게 되며 동시에 그 기관들의 형태에 구애받지 않는 모습을 보이는데, 그렇기에 그들은 다리든 팔이든 심지어 머리를 절단당하더라도 치명적인 부상 없이 재생할 수 있다.

다만 그들이 변형하지 못하는 부분은 그들의 정수인 심장을 둘러싼 동체부위였기에, 그것이 그들의 약점이기도 하였다.

또한 그들은 한 번에 너무 많은 수준의 변형을 할 수 없을 것이라 추측되었는데, 그것은 그들의 공격을 받아낼 때와 그들이 방어할 때 그들의 칼날에 나는 상처의 깊이가 확연히 다르다는 보고에서 끌어낸 결론이었다.

즉, 그들은 변형의 정도에 따라 내구도가 달라지는 것이다.

따라서 '구속'이라는 것은 몸을 자유자재로 변형하는 아포리엘에게 큰 효과를 발휘할 수 없었지만, 이 구속구는 특별했다.

이 구속구는 아포리엘의 양팔을 절단한 상태로 착용시키게 되어있는데, 이 구속구는 전개 상태에서는 사이즈가 높이와 넓이 모두 2m 30cm까지 늘어나지만, 구속을 시작하면 가로와 세로, 높이가 20cm인 작은 큐빅으로 줄어드는 구조를 갖고 있다. 그 과정에서 내부에 엄청난 압력을 가하게 되는데, 아무리 아포리엘이라 하더라도 절단된 팔과 동체의 변형 가능한 모든 것을 압력을 버티기 위한 구조로 변형시킨 후 유지하지 않으면 순식간에 찌그러져 소멸해버릴 것이다.

그 변형과 유지에 모든 에너지를 쏟아부을 아포리엘은 저항이나 반격은커녕 수 초 만에 소멸당하지 않기 위해 모든 에너지를 쓰고 버텨야 하기에 걷기조차 쉽지 않을 것이라 예상되었다.

쿠스토를 착용한 인간은 강하며, 아포리엘은 그 수가 많지 않다.

그러면서도 단독으로 행동하는 경우가 잦았기에 이런 계획을 세울 수 있었으나, 그들의 신체 능력을 고려했을 때 무조건적으로 생포에 성공한다고 볼 수는 없었다.

그들이 작정하고 도망간다면 잡을 방법이 마땅치 않았기 때문이었다.

그렇기에 연구반은 큰 희망을 걸고 있진 않았으나, 이렇게 구속구를 장착한 아포리엘이 실제로 본부에 이송되었으니 그것은 아무리 상황이 괴이할지언정 먹구름 낀 하늘의 틈에서 비치는 빛줄기 같은 기회였다.

조금의 꺼림칙하다거나 불길하다는 느낌만으로 이런 기회를 무산시켜 버릴 정도로 인간의 연구는 여유롭게 진행되지 않았던 것이다.

데이빗과 서진은 계단에서 바로 연구동으로 가는 통로로 들어섰다.

'아크' 타입이든 아니든 아포리엘이 장막 외부에 체류할 수 있는 시간은 그리 길지 않았기 때문에, 소통 및 지능실험과 가능하다면 해부까지 하기로 계획했기에 시간은 넉넉하지 않았다.

물론 구속구에는 조작 방법만 안다면 구속구를 구성하는 수많은 타일 중 하나를 드러낼 수 있는 구조를 갖고 있었기에, 해부가 불가능하진 않았다.

다만 위험한 건 확실하였기에 우선은 소통과 사고실험부터 진행할 예정이었다.

데이빗과 서진이 격리실에 들어서자 두꺼운 강화유리 너머 구속구와 고정대에 사로잡혀 고개를 숙인 채 가만히 있는 거구의 인간형 괴물이 있었다.

데이빗은 실제로 아포리엘을 보는 것이 처음이라, 약간 압도되면서도 들뜬 마음을 감출 수가 없었다. 그는 마이크를 켜고 안의 이형에게 말을 걸었다.

"당신은 말을 알아들을 수 있습니까?"

아포리엘들은 지금까지의 보고에 따르면 상당히 높은 지적능력을 가지고 있다고 사료되나 단 한 번도 그들이 목소리를 내거나 언어를 뱉는 장면은 목격된 적이 없었기에 연구반의 견해로는 일종의 뇌에서 뇌로 무전과 비슷한 방식의 소통을 하는, 텔레파시와 같은 것을 사용하는 게 아닐까 하는 추측이 있었다.

다만, 근래 민간에 떠도는 심부에 관한 소문이 사실을 기반으로 한다면, 그들은 우리와 같은 언어를 사용하거나 적어도 그 의미를 이해하고 있다는 것이 된다.

그렇지 않다면 소원을 이루어 준다는 거창한 말 따위는 꺼낼 수 없으리라.

적어도 그게, 그들과 소통할 수 있는 유일한 희망이었다.

그러나 데이빗의 말을 듣고도 이형의 존재는 아무런 반응도 보이지 않았다.

데이빗은 다시금 그것에게 말을 걸었다.

"당신들은 우리의 언어를 알아들을 수 있습니까?"

그럼에도 반응이 없자 그는 역력하게 실망스러운 기색을 드러내며 이번엔 몸짓언어로 소통을 시도했다.

고개를 숙인 괴물의 어디에 눈이 있는지, 그것이 지금 데이빗을 보고 있는지조차 알 수 없었지만 그는 열심히 몸짓으로 서진의 손을 잡고 악수하거나, 손으로 자신과 그것을 가리키며 양손을 마주 잡는 등 필사적으로 소통을 하려 했다. 동석한 연구반 중 한 명이 말했다.

"이건… 소통이 불가능한 것 같은데요?"

데이빗은 손짓으로 그에게 조용히 하라는 신호를 보낸 후 미리 준비해 두었던 음파와 전자파 통신 역시 틀었으나, 수많은 계산들이 무색하게도 그 둘 중 어느 것에도 반응하는 기미는 없었다.

실망감을 감추지 못하는 데이빗의 뒤에서 서진이 말했다.

"이건 소통의 능력이나 의사 둘 중 적어도 하나는 없는 것 같아요. 어쩔 수 없지만 사고실험도 크게 의미가 없을 것 같네요. 시간이 없으니 해부로 바로 넘어가죠."

그 말을 들은 데이빗은 고개를 저으며 대답했다.

"아니, 소통이 가능하다면 모든 게 바뀔지도 몰라. 이런 기회를 포기할 수는 없어."

그러면서 그는 손수 그려놓은 그림을 꺼내 아포리엘과 인간이 손을 잡는 것을 묘사한듯한 무언가를 강화유리에 들이대었다.

그 후로도 몇 분간의 발버둥이 이어지고, 이윽고 데이빗이 포기하려고 마음먹었을 때, 이형의 얼굴이 갈라지며 입처럼 보이는 균열이 생겼다.

그 안에서는 보라색 입자가 흘러나와 공기 중으로 흩어졌으나 그 입에선 아무 소리도 새어 나오지 않았다.

모두가 그 광경에 경악하거나 기록을 시작하고 있을때, 그 입에서 무언가의 소리가 새어 나왔다.

[···. ㅅㅗㄱ··· ㄱㅜ···.]

연구진들은 순간 얼어붙어 잠시 동안 자신이 경험한 것이 사실인지 확신하지 못하여 서로의 얼굴을 바라보며 자신의 망상이 아니라는 증거를 찾아 헤매었다.

그러자 또다시, 이번엔 확실히 알아들을 수 있는 말이 그 입에서 튀어나왔다.

[···. 구속구··· 이 구속구···. 풀어다··· 말을 뱉기가···. 예상보

다…. 훨씬…. 힘들….]

그 목소리는 권위 있는 성인 남성이 목소리를 살짝 젊게 바꿔주는 음성 변조기에 대고 말하는 듯 나잇대를 가늠하기 어려우면서도 차분하고 멋들어진 목소리였다.

[약속하…. 절대… 위협하지…. 않아….]

데이빗은 입안에 흥건하게 고인 침을 목으로 넘긴 뒤 혼란스러워하는 연구원들을 둘러보고는 서진에게 말했다.

"만약 나에게 무슨 일이 생긴다면, 바로 초고열 소각을 실시해. 버튼에 손을 대고 있으라고."

그렇게 일러두고는 데이빗은 뒤에서 만류하는 서진과 연구반의 만류를 무시한 채 레버를 돌리고 격리실 안으로 들어가서는 안에서 문을 잠갔다.

그가 약간 주저하며 다가가서는 구속구의 버튼을 누르고 고정대를 빼자 덜컥-하는 큰 소리와 함께 구속구가 전개형태로 변하며 양옆으로 열렸다.

아포리엘은 참았던 숨을 몰아쉬는 것처럼 큰 한숨 소리를 내고는 팔을 순식간에 재생시키고 이리저리 움직여본 후 유창하게 말하기 시작했다.

[고맙군. 정말 대단한 기계야. 나에… 우리에 대해 아는 것도 많지 않을 텐데 이토록 정교한 것을 만들 수 있다니, 역시 인간들은 굉장하군.]

그것의 갑작스러운 칭찬, 같은 인간과 대화하는 것이라 착각할 정도의 유창하고 친근한 언어, 여유롭고 호의적인 태도에 당황한 인간들을 개의치 않고 그것은 말을 계속해 나갔다.

[아무래도 그대들도 되어보면 알겠지만 언어를 위한 기관을 만들고 의식을 '꿈'에서 잠시 분리시키거나 내가 그것을 통해 육체의 통제권을 빌린다는 것은 쉽지 않은 일이야. 최근까지는 모종의 이유와 합쳐져서 아무도 말을 밖으로 꺼낼 수 없었네. 말을 할 수 있는 상태를 유지하는 것도 쉽지는 않지만, 구속구를 끼더라도 말 정도는 할 수 있을 줄 알았는데, 자네들의 지혜는 벌써부터 내 예상을 능가하는군! 아주 좋아!]

그러면서 이형의 생물은 컥컥거리는 웃음소리 같은 것을 냈다.

데이빗은 그에게 물었다.

"당신… 당신들은 어떻게 우리의 말을 할 수 있는 거죠?"

아포리엘은 웃음을 멈추고 데이빗을 바라보았다. 그것에게 눈은 없었지만 데이빗은 그 시선의 깊이를 느낄 수 있었다.

[자네들도 이미 알고 있지 않나. 내가, 그리고 우리가 무엇인지 유추하고 있지 않았나.]

데이빗은 창백해졌다. 유리 너머의 연구원들도, 마음에 담아두었으나 차마 확실시되기까지는 언급하지 못했던 가능성을 다시금 떠올렸다.

데이빗은 침착하게 질문을 이어갔다.

"기생인가요? 뇌를 차지하고 몸을 바꾸나요?"

[뭐? 그런 방향으로 추측했던 건가? 결코 아니야. 내가 가져다주는 것은 오직 우리 모두를 위한 변화일 뿐이야. 여기 있는 이 몸의 주인부터 이 장막과 그 너머 장막들, 그리고 그 사이와 안과 밖의 모든 이들에게 이르기까지, 나와 함께한 모든 이들은 오로지 스스로의 선택으로 나의 꿈에 들어와 의식과 무의식의 경계를 무너뜨리고 그들에게 더욱 어울리는 몸으로 변화하여 하나의 목적 아래 그들이 가진 모든 가능성을 내어주는 것이라네. 물론 그들 중에는 선택지가 많지 않았던 이들도 더러 있네. 자네들 모두에게 올바른 길을 알려주기 위해서 다소 강압적인 선택지를 강요당한 이들도 있지. 허나 단 한 명도 억지로 몸을 강탈당한 이는 없다고 확답할 수 있네. 내가 제공해주는 것은 나의 정신세계에 그대들의 정신을 불러들이는 것이라네. 개개인의 사고와 가능성을 무너뜨리지 않음과 동시에 공유하는 꿈속에서 모두가 함께할 수 있

는, 이상향을 위한 삶을 살아가는 것. 그리고 온전히 스스로의 선택으로 때때로 잠시 나에게 육신의 지배권을 양도하고, 차후에 돌려받는 것. 이 몸의 변화는 그대들에게 어울리는 영원을 위해 내 에너지를 전달받기 쉽게 하여 그대들의 한계를 유감없이 쳐부수기 위해 재구축된 육신일 뿐, 결코 무기도 독도 아니라네.]

"정말인가요? 당신을 어떻게 믿죠?"

[그 의심으로 인해 자네들이 나를 적이라 여기는 걸 알고 있네. 그리고 그건 합당한 것이야. 다만, 이것만은 알아줬으면 하네. 난 나와 같은, 자의식을 가지고 자신 너머를 통찰하며 이상을 염원하는 존재를 찾아 억겁의 시간을 홀로 방황했네. 영원할 것만 같은 어둠은 내게 외로움과 닿지 못할 것에 대한 시기만을 남겼어. 그럼에도 나는 어딘가에 있을 그대들을 찾아서, 그대들이 존재하기 전부터 멀고도 고독한 길을 왔다네. 그러니 내가 어찌 그대들을 사랑하지 않을 수 있겠나?]

"그렇다면 어째서 저희를 공격하고, 서로에게서 고립시킨 건가요?"

[자네들을 지키기 위해서였네.]

"지키다니, 뭐로부터요?"

[자네들 같은 존재를 감히 위협할 수 있는 게 따로 어디에 있

겠나? 당연히 자네들 스스로로부터 지키기 위해서였다네. 그 비이성적인 적대감으로부터, 변화를 두려워하는 나태함으로부터, 급진적인 지배욕으로부터.]

"즉, 당신이 주도권을 갖기 위함이었다는 말이군요. 당신의 목적은 뭐죠?"

[합일.]

"합일?"

[모든 지혜 가진 자의식의 합일.]

"하나가 되는 합일이요?"

[그렇네. 자네들은 무한함에 가까운 가능성을 가지고 있네. 바로 혼돈이라 불리는 가능성이지. 수많은 이들 중 단 하나도 완벽히 같은 이가 없다는 다양성과 그걸 가진 대부분의 이들이 서로를 이해하고 서로의 다양성을 벼려줄 지적능력이 존재한다는 일관성이 합쳐진 혼돈. 인간의 궁극적 목표는 진화이고, 인간들은 생물적 진화보다 훨씬 빠르고 우월한 진화를 그들의 수많은 가능성들을 모아 실현할 수 있는 것이야. 특이점을 가진 생물이라고 봐도 좋아. 그런 너희들의 가능성의 근원인 혼돈은 영원에 대한 인간의 근본적 갈망일세. 끊임없이 변화를 일으켜 결국 절대 변하지 않는 것을 만들어

냈을 때 비로소 멈추게 되는 바퀴라네. 인간들의 혼돈은 결국 스스로를 초월시킬걸세. 다양성이 모여 인간이라는 종이 성장하면 할수록 점점 다양성에 대한 필요가 줄어들고, 개체를 구분하는 기준이 희미해지겠지. 그리고 모든 이의 다양성이 전부 그 역할을 다해서 더 이상의 진화가 불가능할 때, 비로소 개체는 의미를 잃고 모두가 같은 인간이라는 하나의 거대한 종족의 일부로서 존재하는 때가 되면, 비로소 인간은 초월할 거라네. 합일을 이루는 거지.]

"인간에게 그런 가능성 따윈 없어요. 하루하루 살아가기 바쁘고 인간의 거대한 하나 됨 같은 건 생각할 겨를 없이 짧은 시간을 살다가 허무하고 무의미하게 사라질 뿐이라고요. 죽으면 그걸로 그 사람의 세계는 끝나는 거예요. 아무것도 남지 않는다고요."

[짧은 삶을 살아가는 개인이 느끼기에 삶이란 투쟁이겠지. 무저갱의 바다, 망망대해 가운데에서 정처 없이 발버둥 치고 또 발버둥 치다가 이윽고 힘이 빠지면 가라앉을 운명이라고. 누군가는 그 발버둥이 너무 힘들어 그저 편하게 가라앉아 버리고 싶어 하기까지 하지. 자네들이 그런 운명이라는 것은 틀리지 않았네. 하지만 자네가 발버둥 치다가 힘이 다하면 자네의 시체는 어떻게 될까? 인간의 시체는 가라앉지 않고 떠오른다네. 더 힘겹게, 더 절박하게 발버둥 칠수록 빠르게 떠오를 거야. 이제껏 힘이 다했던, 그리고 앞으로 힘을 다할 모든 이들의 시체 옆에 떠오를 거라네. 그리고 언젠가 그 시체들이 모여 발판이 되면, 자네들을 기억하지 못하는 누군

가가 자네들의 시체를 밟고 올라와 시체의 섬 위에 서겠지. 그 후로 그렇게 올라온 이들이 또 서로를 밟으며 탑을 쌓기 시작할걸세. 탑이 무너질 수도 있네. 섬 위로 너무 많은 이가 올라가 섬이 붕괴해 버릴지도 모르지. 하지만 자네를 포함한 모든 시체는 남아있을 거고, 섬에 오르고 탑을 쌓는 누군가도 항상 존재할 것이네. 그리고 언젠가, 먼 훗날의 누군가는 하늘에 닿겠지. 자신을 위해, 자네들을 위해. 이제껏 스러져 갔고 앞으로 스러져 갈 모든 이들에게 의미를 주기 위해.]

데이빗은 놀라움을 감추지 못했다.

그는 약간의 감동마저 느끼며 물음을 이어갔다.

"당신은 정말 인간을 사랑하시는군요. 설령 같은 인간일지라도 그렇게 인간을 사랑하긴 힘들 거예요. 하지만 그렇기에 더욱 이해할 수 없어요. 어째서 저희에게서 주도권을 가져가려고 그리 노력하신 건가요?"

[그건 자네들이 사랑을 모르기 때문이네. 진실을 존중하지 않기 때문이네. 자유롭지 않기 때문이네. 자네들은 해바라기라네. 자네들은 창조적인 만큼 파괴적이네. 태생이 다르다고 배척하고, 의견이 다르다고 때리며, 사상이 다르다고 죽이네. 친구는 이기심에 서로의 등을 찌르고, 부부는 육욕을 탐해 다른 이들과 놀아나네. 다른 땅을 밟고 있다는 이유만으로 서로를 학살하는가 하면, 같은 땅을 밟고 있다는 이유만

으로 잔혹하게 핍박하네. 사랑 없고 부자유한 자네들은 혼돈을 효율적으로 모을 수 없네. 시체의 산을 쌓는 야만적인 방법을 사용하기에는 잃어버리는 가능성도, 시간도 너무나도 많네. 혼돈이란 열망을 낳는 불쏘시개일세. 열망은 어둠 속에서 타오르는 불꽃이네. 하지만 불꽃은 동시에 파괴적이기도 하네. 누군가는 열망의 불꽃을 그러모아 수지에 붙이고 횃대에 담아야 하네. 그래야 어둠을 갈라내는 길잡이가 되는 것일세. 내가 질서로서 열망을 그러모아 신념이라는 횃대에 붙이겠네. 내가 자네들에게 우러러볼 공동선의 기준을─목적을 주겠네.]

데이빗은 이미 그에게 매료된 표정으로 별의 연설을 경청했으나, 의심 많은 회의론자였던 그는 더욱 물어보고 싶은 게 많았다.

시간이 많지 않다는 것은 알고 있었으나, 그럼에도 물음을 멈출 수는 없었다.

"하지만 당신이 모든 이를 당신의 '꿈'이라는 곳에 받아들일 수 있다고 하더라도 그들이 스스로를 유지하는 이상 그들이 가진 가능성만큼이나 추악한 욕망들을 없앨 수는 없을 겁니다. 그건 그들의 본성입니다. 배에 들어차기 힘들 정도의 음식을 긁어모아 입에 집어넣고, 평생을 맹세한 사람 뒤에서 다른 이 위에 올라타 게걸스럽게 허리를 흔들며, 자신의 가치를 정하는 일을 할 때 자신이 남들과 같은 보상을 받으면서 가장 적게 노력한다는 걸 자랑으로 여기는 이들입니다. 이 모든 더러움을 어떻게 없앤다는 말입니까?"

[모든 욕망은 필요성에 의해 나오게 된다네. 식탐을 하는 것은 공허한 마음을 채울 수 있는 게 부른 배와 입안에 남은 달콤함 뿐이기에 그런 것이네. 살기 위해 필요한 것이 아닌, 순간적인 채워짐의 감각이 쾌락을 가져다줄 뿐이기 때문이지. 성욕을 주체하지 못하는 것도 마찬가지라네. 인간은 영원을 동경하지만 닿을 수 없기 때문에, 자신의 혼돈에 영향을 받는 또 다른 혼돈, 즉 후세를 낳음으로써 자신의 조각을 남기려고 하는 본능에 사로잡힌 것이라네. 사랑하는 이와 자식을 낳을 경우, 자신과 상대의 하나 됨이라는 이루어질 수 없는 희망을 투영하는 것이기도 하네. 나태와 오만은 자신을 증명하고 싶은 본능에서 나온다네. 나태한 이유는 현재 상태에서 변화하는 것을 받아들이지 못하고 현 상태의 편안함을 유지하고 싶어 하기 때문이며, 이는 자신의 변화가 즉각적인 반응을 보여주지 않는다는 사실을 인정하기 때문이네. 다르게 말하자면 자신이 세상에 있어 중요한 존재가 아니라는 것을 받아들이기 쉽게 만들어졌기 때문이지. 반대로 오만에서 쾌락을 얻는 것은 자신의 효율성을 강조하여 스스로의 잠재적 가치가 다른 이들보다 뛰어나다는 것을 증명함과 동시에 오만한 행동을 목격하는 이들로 하여금 투쟁 본능을 일깨워 경쟁과 변화를 장려하도록 만들어진 것이네. 이는 인간이 협력보다 경쟁을 우선시하게 만들어, 가치의 우열을 판단하기 힘든 혼돈에 기초적인 질서, 즉 우선순위를 세우도록 하는 진화의 미봉책이네. 그대들이 나와 함께한다면, 자네들의 뇌가, 육체가, 정신이 가진 모든 가능성을 끌어내기 위해 뇌와 심장에 큰 변화가 일어날 것이네. 정신을 담는 그릇은 더 이

상 뇌가 아니라 나−즉 별의 조각이 될 것이고, 이는 심장에 위치할 것이네. 그건 내 에너지를 전신으로 보내기에 가장 적합한 기관이기에 내 꿈에서 의식을 몸으로 옮기거나 그 반대를 행하기 쉬워지기 때문이라네. 그렇게 육신의 변화를 겪게 된다면, 살기 위해 먹을 필요가 없어지니 먹는 것으로 얻는 쾌락 또한 없어지므로 식탐이 사라질걸세. 원래의 육신과 비교할 수 없을 만큼 오래 살 것이며, 영원을 추구할 가능성을 볼 수 있게 되기에 자식을 낳을 필요가 없어지므로 성욕이 사라질걸세. 사랑하는 이와 정신적 경계가 얇아지고 육체가 모든 의미를 갖지 않게 되면서 하나가 되고 싶다는 욕구도 충족될 걸세. 나태와 오만으로 인해, 본디 모두가 특별한 자네들은 특별하지 않음에 익숙해지고 그것에 수긍했네. 그것은 자네들의 삶에 목적이 없기 때문이야. 궁극적 목표가, 영원에 대한 진정한 열망이 존재하게 된다면 나태와 오만이 사라지고 모든 혼돈을, 청년과 같은 열정, 노인과 같은 통찰, 아이와 같은 순수함을 얻을 수 있을 것이네. 그렇게….]

아포리엘은 말을 잠시 멈추고 뿔이 달린 피부를 떼어냈다.

그것은 기사의 투구처럼 자연스럽게 분리되었고, 그 안에서 인간의 머리가 보였다. 투구를 벗은 인간은 거기 있는 누구도 모르는 사람이었으며, 그 피부는 검보랏빛에 군청색 혈관이 두드러지고 눈의 흰자위는 보라색으로 덮여 거부감이 들 수 있는 외형이었다.

그러나 그의 눈, 별의 눈동자에는 그가 보아온 우주 깊숙이, 드넓은 어둠 사이에 자리한 찬란한 별들이 비치고 있었다.

그 휩싸일 듯 아련한 망향의 눈동자로 바라보며 말투를 바꾼 별이 말했다.

[그렇게 너희는 나와 하나가 되리라. 내가 너희 해바라기들이 낮과 밤을 경계 삼지 않고 영원토록 바라볼 수 있는 너희들의 새로운 별이 되리라. 태양에게 구걸하고 달을 두려워하는 너희들을 변화시킬 불꽃이 되리라.]

젊은 별은 자신이 빌린 육신의 가슴팍에 손을 가져다 대더니, 흉갑처럼 심장을 감싼 골격을 열어젖혔다.

거기엔 맥동하는 심장이 있었는데, 그 앞에 작고 뾰족한 돌이 튀어나와 있었다. 거기 있는 모든 이들이 그게 무엇인지 설명을 듣지 않아도 알 수 있었다.

이 세계의 색채가 아닌듯한 빛을 내뿜는, 검고도 희고, 푸르고도 붉으며, 연한 보라색이 넘실거리는 별의 조각은 더 이상의 말이 필요 없이 그 광채만으로 그가 뱉은 모든 약속들이 사실이라고 믿게 해주었다.

데이빗이 잠시 유리 밖을 바라보자 그곳에 있는 모든 이들도 그와 같은 생각을 하고 있다는 것을 알게 되었다.

데이빗은 뻗어 나가는 손을 멈추고 잠시 생각에 잠겼다.

어째서 자신은 이번 작전을 생각해냈던 걸까?

어째서 자신은 풍향계 소리가 들리는 옥상에서 바라본 저녁 노을 지는 풍경에 만족하지 못했던 것일까.

그 노을이 지면 자신은 떠오르는 달에 감사할 수 있었을까.

생각을 멈춘 그는 손을 계속 뻗어 레버를 당겼다.

아포리엘의 몸을 미약하게 묶고 있던 남은 구속장치들이 전부 떨어져 나갔다.

그 직후 별의 조각에서 투명한 장막이 퍼져나갔고, 실내에 옅은 바람이 몰아치자 전등들이 꺼지며 연구실이 암전되었다.

그 어둠 속에선 오직 연보랏빛 광채만이 옅게 반짝였다.

꿈의 장

얀이 눈을 떴을 때는 세상의 색이 바뀌어 있었다.

차갑고 어두운 장막을 비집고 들어온 별빛들은 어느새 온도를 바꾸어 조금 더 밝고 따뜻하게 보였다.

얀은 비록 지금 일어났으나 자신의 몸에 일어난 변화가 무엇인지 알고 있었다.

마치 이름 모를 동반자가 심장에 살면서 세계의 다른 면들을 그에게 속삭여주는 듯했다.

자리에서 일어난 얀의 발걸음은 부드러웠고 디딤은 가벼웠기에 마치 꿈속을 걷는듯했다.

아니, 이 장막 속 세계 자체가 젊은 별의 꿈속일지도 몰랐다.

얀은 자신의 몸을 내려다보았다.

은회색의 갑주는 검보라색으로 물들어 있었고, 아포리엘의 피부처럼 울퉁불퉁한 바위의 촉감으로 바뀐 표면에는 적색의 혈관 같은 것이 이어져 있었다.

얀은 헬멧의 모양을 확인하기 위해 자연스럽게 그걸 벗었으나, 숨을 쉬는 데 전혀 지장을 느끼지 않았다.

더욱 정확히는 숨을 쉬는 데 지장이 없는지 확인하기 전까지는 숨을 쉬지 않고 있던 것만 같았다.

중세 시대의 기사처럼 각지고 두꺼웠던 헬멧도 찌그러들고 날카로워졌으며 측두부부터 후두부 방향으로 나있는 두 개의 작은 뿔은 아포리엘의 그것과 유사해져 있었다.

어쩌면 아포리엘도 이런 구조일 수도 있겠다는 생각이 들었다.

투구를 벗고 있음에도 투구에 손가락이 닿는 감촉을 느낄 수 있었다.

갑주와 연결된 보이지 않는 새로운 신경계가 만들어진 느낌이었다.

얀은 꿈결 같은 걸음을 내디디며 건물 밖으로 나왔다.

은은한 달빛이 비치는 창공, 짙은 남색의 하늘에 떠있는 구름들 사이로 비치는 수많은 별은 이 세상의 것이 아닌 것처럼 아름다웠다.

잠시 하늘을 바라보며 멍하니 감탄하던 중, 심장에 저릿한 자극을 느낀 얀이 무언가에 이끌린 듯 옆으로 시선을 돌리자 그곳에는 백색으로 빛나는 소녀가 서있었다.

그 앳된 눈망울과 오한 코, 작은 입술과 찰랑이는 머리까지 모두 꿈에서 보아왔던 소녀 그 자체였다.

하지만 얀은 그것이 소녀가 아니라는 걸 알고 있었다.

그 빛나는 형체는 잠시 얀을 지긋이 쳐다보더니 무너져 가는 도심 속으로 달려갔다.

얀은 그 형체를 쫓아가기 시작했다. 어느새 시야에서 사라진 소녀가 남긴, 빛이 사라져 가는 발자국들을 쫓아가던 얀의 마음은 들뜨기 시작했다.

소녀의 모습을 다시 보았다는 것과 그녀를 다시 되찾을 수 있을 것 같은 힘이 생겼다는 것도 기분이 좋았지만, 그것만큼이나 달빛이 새어 나오는 밤하늘을 투명하게 가리는 장막, 그곳에서 반사되는 옅은 초록빛이 너무 신비로웠다.

부서진 건물들 사이로 피어오르는 정체 모를 식물들이 풍기는 향기가 밤 내음과 어우러진 시큼쌉쌀한 공기는 피부를 간질였다.

갑주 장화 너머로 느껴지는, 부서져 가는 아스팔트의 감촉과 가벼운 발걸음 소리는 확실히 느껴지는 동반자-새로운 심장의 존재를 부각시켜 마음 한편을 따뜻하게 만들었다.

세상은 그저 기쁜 눈물을 흘리게 만들 만큼 아름다웠다.

아마도 떨어진 별은 항상 아름다운 세상에 매료되어 있었기에 자신이 원하던 세계의 모습을 비출 장막이 필요했던 게 아닐까.

생각해보면 얀은 자신이 떠올릴 수 있는 가장 소중한 것인 소녀를 빼앗아간 별을 증오하진 않았다.

아포리엘과 합쳐졌기에 그런 것인가 생각해 보기도 했으나, 그와 함께하기 전에도 별을 싫어한다는 생각을 한 적은 없었으며, 그저 이유가 있어 데려갔겠지만 어떤 이유에서든 납득은 할 수 없다고 생각할 뿐이었다.

얀의 걸음은 가볍고도 힘찼으며, 이전과는 비교도 되지 않을 속도로 이동하고 있었으나 총총걸음으로 가볍게 뛰어간 소녀는 보이지 않고 빛나는 발자국만이 길을 따라나 있을 뿐이었다.

이윽고 달이 지기 시작할 무렵, 반쯤 기운 고층건물에 피어나 땅으로 길게 뻗어있는 양치식물들을 지나 황무지로 나온 얀은 희미해져 가는 발자국을 찾기 위해 잠시 변이되어 거대해지고 중간부터 휘어진 나무 아래에서 멈춰섰다.

그때 나무 위에서 목소리가 들려왔다.

성별을 알 수 없는 그 목소리는 속삭이는 듯하면서도 침묵하는 듯 조용하고 부드러웠다.

[이 시간에 보는 달은 정말 아름다워.]

얀이 위를 올려다보자 구부러진 나뭇가지 위에 앉아있는 빛나는 소녀가 보였다.

[가끔씩은, 달이 내는 빛이 태양의 것이 아닐지도 모른다는 생각을 하고는 해. 가짜이기엔 너무나 아름다우니 어쩌면 진짜가 아닐까 하는….]

얀은 아무 말도 하지 않은 채로 저물어가는 달을 함께 바라보았다.

달이 지평선에 걸치고 하늘이 푸르스름하게 바랠 때쯤 얀은 다시 고개를 들어 나무 위를 올려다보았으나, 이미 소녀는 사라진 뒤였다.

얀은 방금 찍힌 듯 밝게 타오르는 발자국을 따라 다시 달려가기 시작했다.

황부지의 부서져 가는 판자 건축물 사이로 태양이 올라와 비춘 빛이 잠시 휴식을 취하던 얀의 눈을 간지럽혔을 때, 소녀는 어느새 다시 얀의 앞에 서있었다.

얀은 말없이 걸어가는 소녀의 뒤를 묵묵히 따라갔다.

모래먼지의 능선을 지나자, 그 아래에는 변이한 들개 무리들이 햇빛을 받고 있었다.

얀이 당황하며 소녀에게 물었다.

"여긴 왜 데려온 거야?"

소녀는 능선 위에 쭈그려 앉았다.

모래먼지 위에 앉았음에도 모래의 모양은 변하지 않았다.

[녀석들은 다른 존재의 에너지를 포식하며 살아가. 며칠 전 소규모의 탐사대 선발병들이 이곳 주변을 지나갔을 때 녀석들의 주의를 끌어버렸어. 그래서 그들을 감시하고 보호하던 기사 중 하나가 그들을 살리기 위해 시간을 벌고는 소멸해 버렸어. 물론 복수 같은 유치한 짓을 하려는 건 아니고, 그도 그걸 원하진 않을 거야. 다만, 이대로 두기에는 우리 모두에게 너무 위험해. 너희가 이것들을 처리해주면 좋겠어.]

얀은 밀려오는 궁금증을 참지 못하고 소녀에게 질문하기 시작했다.

"변이한 동물들은 너의 파동에서, 또는 미세한 조각들에서 에너지를 얻고 변이한 것 아니야? 아포리엘과 같이 너의 통제하에 있는 게 아닌 거야?"

[우선 '기사'들, 즉 너희가 아포리엘이라고 부르는 이들은 나와 '약속'을 한 거야. 난 그들을 통제하지 않아. 그들이 내가 세운 질서에 따라 자의로 살아가고, 난 그들에게 살아갈 힘을 주는 거니까. 난 그들을, 그들은 나를-우리는 서로를 사랑하기에 약속을 할 수 있는 거야. 반면 저 짐승들은 달라. 그들은 내가 만든 환경의 통제할 수 없는 오산에서 나온 여러 조각들과 본래 있던 생명들이 들러붙어 나온, 쉽게 말해 실수의 산물들이야. 물론 실수이든 아니든 내 에너지가 전달되는 이상 그들의 정신에 말을 걸어볼 수는 있지만, 그들은 언어를 이해할 만큼의 지적능력을 가지고 있지 않아. 그렇기에 우리는 지혜의 대리자, 질서를 세울 지성이 있는 이들의 의무로서 그렇지 못한 것들을 통제해야 하는 거야.]

"하지만 아포… '기사'가 죽을 정도의 무리잖아? 우리가 저걸 어찌할 수 있을까?"

[날 믿어. 괜찮을 거야. 나는 거의 모든 인간들과 공명할 수 있지만, 그들의 정신과 의식, 무의식에서 나오는 혼돈의 가장 기본적인 형태, 인간이 같은 상황에서 다른 선택을 하게

만드는 다양성의 근원—즉, 너희가 소위 영혼이라고 부르는 것의 파장에 따라 공명의 효율성이 바뀌어버려. 영혼이라는 것은 즉 일종의 법칙과 같은 거야. 그 순간 그곳에서만 작용하는 어떤 공식과도 같은 것이지. 결코 의지가 있거나 너희의 가장 근원적인 모습이거나 하는 그런 거창한 게 아니고, 그저 무작위성이 생겨나는 출처를 설명하기 위해 너희들이 영혼이라는 이름을 붙인 것일 뿐이지. 다만 영혼은 영원함에도, 너희의 것은 아니지. 영혼이라는 순수한 무작위성이 육체의 필연성과 공조하여 생기는 것이 정신이고, 그 정신이야말로 너희 자신이니까. 다만, 그 정신, 즉 너희라는 개체들은 존재하는 동안 행하는 모든 선택이 영혼의 영향을 받을 수밖에 없고, 그렇기에 정신에 직접 말을 거는 나는 영혼의 영향에 따라 효율성이 바뀔 수밖에 없는 거야. 내가 이 넓은 지역의 거의 모든 인간들을 설득하는 데 성공했음에도 기사들의 수가 굉장히 적은 건, 그들이 효율이 굉장히 높았으며 다른 이들은 아직 변화를 완성시키지 못하고 잠들어있기 때문인 거야. 물론 이건 효율의 문제니 시간이 충분히 지난다면 모든 이가 같은 수준의 에너지를 사용할 수 있겠지. 다만, 그렇게 되기 전에 내 공간을 지키고 내가 사랑하는 이들을 지키기 위해 나는 효율에 따라 세 가지 단계를 나눴어. 지금 시점에서 변화를 마치고 변화된 육신의 모든 것을 사용할 수 있는 '기사'. 그리고 기사 144명에 한 명꼴로, 장막 밖을 단시간 나가거나 내 조각 중 하나를 몸에 지니고 다닐 수 있는 만큼, 기사보다 훨씬 거대한 에너지를 사용할 수 있는 '사도'. 너희 연구진이 '아크' 타입이라 부르는 이들이야. 그리고 모든 이가 다다를 최종적 변화, 이 장막 내에 존재하는 내 조각의 에너지 중 쓰이고 있지 않은 모든 것을 끌어다 쓸 수 있는, 이 장막 내의 단 3명뿐인 '대리자'. 넌… 너와 함께하는 이는 '사도' 중 하나였어. '기사'보다 훨씬 육체적으로 강하니, 걱정하지 마.]

얀은 복잡한 표정을 지었으나, 이내 수긍하고 검을 뽑아 들었다.

얀 역시 아직 새 몸에 익숙하지 않았기 때문에 전투를 경험해볼 필요성이 있었다.

또한 별은 자신의 다른 사도들에게 부탁하지 않고 굳이 얀을 이곳으로 안내했다.

아마 그 역시 얀이 자신의 몸에 조금 더 익숙해지기를 바라고 있는 듯했다.

얀은 모래 능선에 발을 디디고 미끄러지듯 내려가며 생각했다.

적과 적이 아닌 자의 차이는 무엇인가? 적대감? 서로 간의 감정과 과거? 아마 그 무엇도 아닐 것이다.

그렇다면 적이란 사랑하지 않는 모든 것을 말하는 것인가?

그것 또한 아니다.

적이란 단순히 함께 갈 수 없는 자들을 의미하는 것이다.

그것에 대해 더 깊이 생각할 겨를도 없이, 내려오는 얀을 발견한 들개 무리들이 기이한 소리를 내기 시작했다.

그것들은 뒤틀려버린 몸을 일으키고 결정화된 머리를 변이시켰다.

군청색 크리스털로 이루어진 그들의 머리뼈가 살가죽 안에서 살을 갈라내며 꽃처럼 피어났고, 뼈가 빠져 흐물거리는 머리 가죽과 근육은 바람개비 모양으로 열어젖혀지며 목구멍, 혹은 입으로 보이는 기관을 드러냈다.

그 기관에는 부풀어 오른 개의 잇몸과 두 겹으로 돋아난 날카로운 검은 이빨들이 튀어나와 있었고, 그들이 합창하는 죽어가는 사슴과 같은 비명은 얀에게 혐오감을 불러일으켰다.

얀은 검신(劍身)이 떨리는 것을 느끼고 검을 내려다보았다.

그의 검은 얀과 함께하는 사도가 사용했던 것처럼 날카로운 껍질들이 모여 검신에 보랏빛 혈관이 맥동하는 것처럼 퍼져있었으나, 그것이 내는 빛은 사도와 다르게 미약했다.

얀이 능선을 반쯤 내려오자, 들개 무리들의 다리에 변화가 생기기 시작하고, 그들의 얇은 다리는 수십 갈래로 쪼개어져서 나무뿌리와 같은 형상으로 바뀌었는데 그 뿌리 끝에 조그마하게 지지대 같은 것이 생겨났다.

아마 저 뿌리 하나하나가 작은 다리처럼 작용하여 엄청난 속도와 정밀한 방향조정을 가능하게 만드는 듯했다.

얀의 몸이 지면에 다다르기도 전에 두 마리의 괴물이 그에게 도약했다.

그 속도는 쿠스토를 낀 인간보다도 빨랐으며 아포리엘의 그것과 유사한 수준이었지만, 얀은 이전과 다르게 그 속도를 충분히 인지하고 반응할 수 있었다.

영화같은 데서 보았던 것처럼 세상이 느리게 보이는 것이 아닌, 모든 일들이 순식간에 일어남에도 스스로도 놀랄 정도로 사고와 판단의 속도가 빨라진 것처럼 순간적인 반응과 대처가 가능했다.

처음 달려든 괴물을 검으로 머리째 날려버리자 두 번째 괴물이 그의 오른팔을 물었다.

얀은 자신의 오른팔 보호대에 이빨을 박아 넣고 있는 개의 크리스털 두개골을 왼손으로 잡아 있는 힘껏 뜯어냈고, 그것의 머리는 얀의 팔에 이빨만을 박아 넣은 채로 절반이 뜯겨져 나갔다.

두 마리 개가 땅으로 곤두박질치기도 전에 이미 다른 개들이 얀에게 덤벼들고 있었다.

지면에 막 도달한 얀은 땅을 강하게 차면서 앞으로 돌진해 세 마리의 개를 몸통째로 베어 넘겼으나, 그의 시야 끝자락에서 처음 부숴 버렸던 개들이 흩어진 몸의 조각을 찾아 재생하는 것이 보였다.

이 녀석들도 아포리엘… 아니, 기사처럼 심장을 꿰뚫어야 하는 건가.

그렇게 판단한 얀은 사도가 그를 상대할 때 취했던 자세를 잡았다.

왼손은 가슴 앞에, 왼발을 앞으로 내디딘 채 구부리고, 몸을 오른쪽으로 틀며 상반신을 낮춘 뒤에, 오른팔로 든 검의 검신을 오른쪽 어깨와 나란히 두는 자세.

한 번도 취해본 적이 없는 자세였으나, 몸은 말도 안 될 만큼 능숙하고도 완벽하게 자세를 취하고 있었다.

그리고 그 자세를 취한 순간 얀은 깨달았다.

이 자세는 심장을 꿰뚫기 위한 자세라는 것과, 이 자세를 취하는 기사와 사도들은 인간을 적으로 상정한 것이 아닌, 별이 좀 전에 언급하듯 소통할 수 없는 것들을 잘라내기 위한 것이었다는걸.

검신에 맥동하는 빛이 조금 더 밝아지며, 얀은 소리처럼 빠르게 괴물들의 심장을 꿰뚫었다.

얀이 짐승들의 대부분을 처단했을 때 해는 이미 중천에서 떨어져 가는 중이었다.

남은 들개들은 수가 너무 적어지자 흩어지며 달아나 버렸고, 그는 그것들을 쫓을 마음은 없었다.

얀의 몸과 갑주는 놈들에게 물어뜯긴 자국들로 넘쳐나고 검날은 이가 군데군데 나가버렸지만, 얀의 심장에서 맥동하는 빛이 전신을 타고 흐를 때마다 그의 몸과 장비는 끝없이 재생했다.

얀이 능선을 올려다봤을 무렵엔 별은 이미 그 자리를 떠나있었고, 빛나는 발걸음만이 그 길에 찍혀있었다.

얀은 검을 허리춤에 집어넣고 발자국을 따라 다시 길을 걷기 시작했다.

지평선 너머로 잠겼던 해의 빛줄기들이 다시 세상에 색을 불어넣기 시작할 무렵까지 발자국을 따라 걷고 뛰는 것을 반복하던 얀의 앞에 이윽고 검보라색 토지가 나타났고, 얀은 멈추지 않고 침식지의 깊은 곳, 안개가 낀 토지 앞에까지 다다랐다.

그가 그 토지에 발을 디디자, 그의 귀에 수많은 목소리들이 엷게 들리기 시작했다.

그리고 얀은 이내 그것이 서로의 이야기를 들려주고 있는 각기 다른 사람들의 목소리라는 것을 눈치챘다.

얀의 심장은 기쁜 듯 고동치며 그 이야기에 반응했다.

별은 잠과 꿈에 대해 언급했었다.

그렇다면 이곳은 별개의 꿈들을 꾸고 있는 수많은 사람들의 무의식이 서로에게 소통하는 장소인 것인가.

장막이 별의 꿈이라면 이곳은 별의 꿈속 깊은 심연, 무의식이 활개하는 깊은 잠일지도 몰랐다.

정확히 어떤 곳인지 얀은 알 수 없었지만 그는 기분이 좋아지는 것을 느낄 수 있었다.

그러나 안개 속에서는 따라갈 수 있는 발자국이 보이지 않았다.

얀이 어디로 가야 할지 몰라 당황하고 있던 차에, 미약한 푸른색으로 빛나는 젊은 여성의 모습이 나타났다.

얀은 그녀가 별이 아님을 한 번에 알 수 있었다.

그러나 그 외모는 어딘가 낯익었다.

얀이 일전에 한 번 만난 '진'이라는 사람의 눈과 입술을 빼닮은 듯

닮은 미인이었지만, 더 앳된 모습의 누군가였다.

그녀가 얀을 한번 힐끔 보고서는 안개 속으로 깊이 들어가자, 그녀가 간 길에 군청색 발자국이 남았다.

얀은 그것을 따라 안개의 더욱 깊은 곳으로 걸어갔다.

발자국을 따라 걸은 지 꽤나 시간이 지났을 때, 얀의 시야에서 안개가 희미해지기 시작했다.

이윽고 그의 발걸음은 안개가 옅은 심부의 기묘한 공간에서 멈춰섰다.

그 공간의 중간에는 알록달록하게 빛나는 깃털들로 그어진 경계선이 있었으며 그 앞에는 검은 고치가 있었다.

그 고치 앞으로 이어진 군청 발자국들을 따라 얀이 고치에 다가가자 고치가 쪼개어졌다.

윗부분부터 찌그러지고 부서진 껍질이 재가되어 날리더니 안에서 아포리엘이 한 명 일어났다.

얀은 그녀의 근육에 태동하는 빛으로 그녀가 기사가 아닌 사도임을 느낄 수 있었다.

각성한 아포리엘은 잠시 가만히 서있다가, 이내 얼굴을 쪼개어 입을 열었다.

"저는 이 깃털의 문턱을 당신을 위해 지키는 자입니다. 이 문턱을 넘어가는 것이 진정 당신이 원하시는 겁니까?"

그녀는 소녀의 목소리로 시작한 문장을 성인의 목소리로 맺고는 뒤돌아 그녀 뒤의 깃털들을 내려다보았다.

얀은 물론 깃털을 돌아갈 수도 있었지만, 그 문턱을 넘어야만 자신이 원하던 것에 진정으로 닿을 수 있을 것 같다는 느낌을 받았다.

얀이 고개를 끄덕이자 사도는 깃털의 문턱을 가로막고 다시 말하기 시작했다.

"저는 당신에게 재고해 달라는 탄원을 하고 싶습니다. 당신이 자유로워졌으면 합니다. 당신을 묶고 있는 과거, 미래에 볼 풍경, 당신이 찾는 이에 대한 사랑과 끝 모를 허기짐과도 같은 그 열망으로부터. 저와, 저희와 함께해 주세요. 오로지 현재만을 위해 살아가 주세요. 우리가 함께한다면 더 이상 과거로부터 채워지는 족쇄도, 미래가 끄는 목줄도 없을 거예요. 자, 이 손을 잡아주세요."

사도는 얀에게 손을 내밀었다.

아포리엘들은 투구의 모양과 전체적인 몸의 비율을 제외하고는 전부 유사하게 생겼으나, 이 사도는 갑주 같은 피부에 감싸인 몸의 전체적인 형상, 이전에 보았던 그녀의 얼굴을 연상시키는 청량한 목소리와 여성스러운 몸짓, 풍기는 분위기까지도 너무 아름답고 따뜻하였다.

마치 불호가 없을 것 같은 이 매력은 그야말로 그녀가 주장하는, 모든 생명체의 가장 근본적인 바람 중 하나인 자유를 형상화한 것만 같았다.

그 매혹적인 손짓에 이끌려 손을 뻗을뻔한 얀은 즉시 뻗어 나간 손을 돌려 허리춤의 검을 붙잡고 뽑아내어 자세를 잡았다.

사도 또한 내민 손을 아쉬운 듯 거두고 몸을 숙이며 자세를 잡았다. 그녀가 양손을 송곳처럼 뾰족한 형태로 바꾸니 송곳에 혈관이 가지처럼 퍼져나가며 진한 보라색 빛을 냈다.

잠시간의 정적 후에, 두 사도는 서로에게 달려들었다.

얀은 사도의 목을 노리고 고속의 횡베기를 날렸으나 그녀는 속도에 있어 얀보다 빨랐기에, 공중으로 뛰어오르면서 검의 궤적을 피하고 얀의 등과 왼쪽 어깨에 한 번씩 송곳을 쑤셔 넣었다.

일전에 변이한 들개들을 상대하며 느꼈지만, 얀의 몸은 육체적 고통이 사라진 상태였다.

심장 이외에는 어떠한 상처도 시간만 있다면 재생되고, 상처가 난 부위는 피해를 입었다는 생소한 감각만을 전달할 뿐 인간의 몸으로 느끼는 통증과는 무연해진 것이었다.

얀이 다시 자세를 잡기도 전에 사도는 다시 얀에게 도약해 얼굴을 노렸지만, 얀은 어깨로 비스듬하게 송곳을 받아낸 후 어깨에 그녀의 손이 박혔을 때 그녀의 팔을 잡고 목에 검날을 쑤셔 넣기 위해 검을 겨눴다.

사도는 재빨리 잡힌 왼팔의 어깻죽지를 얇게 변형하고 오른팔로 얇아진 부분을 자르며 뒤로 강하게 도약해 스스로 왼팔을 떼어냈다.

잠시 거리를 벌린 그녀는 왼팔을 재생시키며 말했다.

"어째서 그토록 거부하나요? 머지않아 대부분의 인간들이 자유로워지면 우린 그제서야 진정으로 우리가 존재하는 의미를 찾을 수 있을 거예요. 자유라는 것은 스스로의 의미를 다른 이에게서 찾지 않음을 뜻하니까요. 가장 거대한 속박, 인과에만 묶인 채 영원이라는 목적을 순수히 추구해 나간다면, 과거에 집착하고 미래에 겁먹을 필요 없이, 자신이 스스로를 위해 내리는 모든 선택이 궁극적 공동선을 위함이라 확신할 수 있게 되는 거예요. 그렇게 된다면 모든 길이 정답일 테니, 선택을 망설이고 다른 존재에게 얽매일 필요가 사라집니다. 모두가 구원받는 거예요."

서로의 몸이 재생을 마치자마자 얀은 몸을 낮추고 쇄골을 찌르기 위해 달려들었다.

사도는 미끄러지듯 찌르기를 피하며 얀의 목에 송곳을 찔러넣으려 했다.

얀은 뻗은 칼날을 다시 몸쪽으로 회수하며 송곳을 빗겨 치고, 이제막 재생된 그녀의 어깻죽지를 잡고 그녀의 헬멧에 자신의 헬멧을 들이박았다.

사도는 휘청거리면서 얀의 가슴팍을 차고 그에게서 떨어져 나갔다.

얀이 대답했다.

"그럴지도 몰라. 하지만 의미라는 것은 스스로가 스스로에게만 내리는 것이 아니야. 다른 이들이 서로를 정의하는 것 또한 의미이며, 그게 존재하기에 누구나 서로와 함께할 수 있는 거야. 결국 혼자서 살아갈 수 있는 존재 따위는 우주에 없을 테니까."

얀은 사도가 회복할 시간을 주지 않고 다시 돌진했다.

서로가 수놓는 베기와 찌르기들을 몸을 비틀며 피하고, 얀은 검을 피하기 위해 몸을 비틀던 사도의 허리를 잡고 그녀의 정강이 위쪽을 강하게 차서 밀어냈다.

파편이 부서지고 근육이 파열되는 소리가 나며 사도의 정강이와 무릎이 분리되어 너덜너덜해졌으나, 그녀 역시 앞으로 고꾸라지면서도 얀의 허벅지에 송곳을 깊게 쑤셔 넣고 구멍 뚫린 갑주 안에서 손의 형태를 긴 장검으로 변형시켜 갑주째로 허벅지를 절단했다.

서로가 남은 한 다리로 거리를 벌리고, 회복을 하는 와중에 사도가 답했다.

"서로에게서 의미를 찾는 것은 스스로가 온전하지 않다고 생각하기 때문이며, 공동의 목적이 없기 때문입니다. 모두가 그들을 함께 비춰주는 빛이 없이 코끼리를 만졌기에 어떤 이는 코끼리의 코를, 어떤 이는 귀를, 어떤 이는 다리를 만지고 서로가 생각하는 목표가 다르다고 착각한 것입니다. 목적이란 곧 신념이고, 빛이란 곧 길입니다. 하나의 신념과 길 아래에 단결한다면, 코끼리의 어떤 부위를 만지든 망설이지 않을 겁니다. 자신이 묘사한 것이 진실의 일부라고 서로를, 그리고 스스로를 의심하지 않고 말할 수 있을 겁니다. 마침내, 자유로워질 겁니다."

얀과 사도는 서로를 마주 보고 다리가 회복되는 것을 기다렸다.

빠른 속도로 서로의 뼈가 재구축되고 탄탄한 근육이 뼈를 둘러싸며 혈관이 자리 잡아 검보라색 빛이 혈류를 타고 다리에 돌자마자, 그들은 다시 서로에게 달려들었다.

얀은 사도의 왼팔을 자신의 오른손에 쥔 검으로 미끄러뜨리며 흘리고, 오른팔의 장검을 왼손으로 받아내며 자신의 손을 뚫은 검을 붙잡아 고정시키고는 자신의 검 자루로 사도의 어깨를 강하게 내리쳤다.

충격으로 땅이 울리고, 사도의 발은 땅에 깊이 박혀 들어갔다.

사도는 곧바로 얀이 쥔 오른손의 검을 십자의 형태로 변형시켜 그의 왼손을 찢어발기고 다시 손을 철퇴처럼 변형시켜 얀의 왼쪽 옆구리에 강하게 휘둘러 쳤다.

얀은 날아갈 듯한 충격을 오른발에 모든 힘을 실어 버티고는 사도의 어깨에 내리쳤던 검 자루를 역수로 쥐고 나무에 도끼날을 꽂아넣는 것처럼 그녀의 어깨에 박아 넣은 뒤 지렛대처럼 비집어 사도의 왼팔을 어깨째로 도려내었다.

그녀는 철퇴로 변했던 오른손을 기다란 양날검으로 바꾸고 얀의 목을 노려 찔러 넣으려 했다.

그걸 읽은 얀은 검날을 이빨로 받아낼 요량으로 고개를 숙였다.

투구를 뚫고 들어온 검날을 가까스로 이빨로 잡아낸 얀은 마지막 일격을 위해 검을 정수로 고쳐 쥐었다.

사도는 얀이 입에 문 검을 다시 철퇴로 변형시켰고, 얀의 턱뼈는 그의 투구와 함께 부서지며 입 안쪽이 곤죽처럼 눌어붙었다.

사도가 부서져 버린 얀의 입을 비집어 그의 머리를 자르기 위해 손을 다시 검의 형태로 바꾼 순간, 얀은 자신의 검을 그녀의 목에 박아 넣고 힘껏 갈라내어 목을 통째로 잘라냈다.

검날이 만들어낸 마지막 일격의 충격이 주위의 옅은 안개를 완전히 흩어내고, 사도의 목 잃은 몸은 마지막 일격을 가하기 전에 힘을 다해 무릎부터 땅에 주저앉았다.

얀은 사도의 머리를 쥐고, 검을 집어넣었다.

애당초 서로를 죽이려는 싸움이 아닌, 주도권을 잠시 빼앗는 싸움일 뿐이었다.

심장이 아닌 목을 노리는 것부터, 얀도 사도도 말은 하지 않았으나 서로 이해한 상태였다.

사도의 머리를 양손으로 감싸안은 얀은 충격으로 생겨난 사도의 투구 오른쪽 눈 부분의 틈을 들여다보았다.

그 안의 어둠에서는 일전에 보았던 '진'을 닮은 소녀의 눈이 연보랏빛으로 빛나며 얀을 응시하고 있었다.

얀은 마지막으로 그녀에게 말했다.

"어쩌면 진정한 자유라는 건 정말 끝없는 현재를 반복하는 것일지도 몰라. 서로에게서 자신의 의미를 찾지 않고, 서로 같은 신념 아래 순수히 각자의 최선을 다하고 있다고 믿으며 충실할 뿐인 존재를 묘사하는 말일지도. 하지만 자유라는 건 속박 없이 존재할 수 있는 게 아니잖아. 속박되어 있어도 자유롭지 않은 것도 아니잖아. 마찬가지로 속박되어 있는 것조차, 그로 인해 얻는 모든 것들조차도 자유인 거잖아. 스스로 과거를 돌아보며 쌓은 후회와 미련도, 미래를 걱정하며 지샌 밤들에 남긴 고민과 망설임들도, 그렇기에 서로 이해했을 때 더욱 거대해지는 행복감조차도 우리가 누릴 수 있는 자유잖아. 인간은 속박 없이 존재할 수 있는 생물이 아니고, 자유 없이 존재할 수 있는 생물이 아니야. 둘 다 우리에겐 같은 것이고, 서로 떼어놓을 수 없기에 우린 스스로로서 있을 수 있는 게 아닐까. 우린 태어나기 전부터 자유로웠던 거고, 그만큼 모든 것에 묶여있었던 거야. 그게 내가 생각한 자유야. 언젠가 우리는 반드시 다시 만나겠지. 그때가 된다면 너의 답을 들려주길 바라."

얀은 그녀의 머리를 주저앉아 있는 그녀의 몸에 얹어놓고, 몸을 회복하며 깃털의 선을 넘어 다시 짙은 안개 속으로 들어갔다.

얀은 또다시 지표 없는 안개 속을 나아가고 있었으나 아까 넘어온 깃털의 선을 기준으로 직진하고 있었기에 자신이 가는 길을 의심하지 않고 계속해서 걸어갈 수 있었다.

속삭임도 더 이상 들리지 않는 고요한 심부의 안개 속에서 걸음을 내딛길 얼마간, 마침내 얀의 눈앞에 군청의 안개 외에 무언가가 보이기 시작했다.

그것은 얀에게서 등을 돌린 채 더욱 깊은 안개 속으로 걸어가는 건장한 남성의 등이었다.

남자는 안개의 색으로 인해 구분하기 힘들었으나 확실히 짙은 회색으로 빛나고 있었으며, 그가 서둘러 떠난 자리에는 회색 발자국들이 빛나고 있었다.

그러나 그는 아까의 여자처럼 자신의 걸음에 확신이 있는 모습이 아니었다.

그가 빠른 속도로 시야에서 사라진 바람에 얀은 정확히 볼 수 없었으나 어딘가 아까의 아이와 비교해서 이질감을 품고 있었다.

하지만 얀의 길은 명확했기에, 그는 망설임 없이 남자를 따라 깊은 안개 속을 헤치고 나아갔다.

곧 얀은 또다시 안개가 옅어지는 공간에 도달하게 되었는데, 거기에는 돌로 이루어진 듯한, 2m가량의 높이에 지붕도 벽도 없이 덩그러니 비치된 여닫이문이 있었으며 그 앞을 역시나 검은 고치가 지키고 있었다.

회색 발자국은 그 고치 앞으로 이어져 있었다.

꿈의 장

얀이 가까이 다가가자 고치에 빠르게 금이 가며 이윽고 크게 파열하여 안에서 사도가 탄생했다.

사도는 잠시 자신의 몸을 움직여보고 이리저리 둘러보았다.

방금 태어났을 뿐이지만 얀은 그 사도에게서 나오는 빛이 위협적임을 감지했다.

자신의 몸에 금방 적응한 듯 보이는 사도가 얀에게 말했다.

"이 문을 열고 닫음은 나에게 달려있소. 진정으로 이 문을 열고 싶소?"

그 모습이나 말투는 여타의 사도나 기사와 크게 다를 바가 없었고, 이전의 여자 사도처럼 아름답고 저항하기 힘든 매력은 갖고 있지 않았으나, 어딘가가 막막하고 답답하게 느껴지는 갑옷의 생김새를 취하고 있었다.

얀은 이번에도 고개를 끄덕였다.

사도는 다시금 말했다.

"한 번만 더 천천히 생각을 해볼 수는 없겠소? 들어보시오. 당신이 이곳을 지나간다고 한들, 염원을 이루어 낸다고 한들 그 앞에 무엇이 있겠소? 생각해본 적 없겠지, 당신의 그 태양과도 같은 열망은 떠오르는 다른 모든 생각을 불태워 버리는 포식자이니 말이오. 당신이 이루어낸 염원 끝에 있는 것은 피해갈 수 없는 슬픔이오. 서로에 대해 완전히 알지 못하여 생길 슬픔, 미래를 알지 못하고 닥쳐오는 불행을 막지 못하는 것으로 생길 슬픔, 영원에 대한 동경을 버린 이가 순간이 다 쇠하였을 때 뒤늦게 깨달음으로 인해 생길 슬픔. 우리와 함께한다면, 진실로 탐구함으로써 세계를 열어갈 수 있소. 우주의 다음 순간을 정확히 알게 되면, 그다음에 일어나는 모든 일들을 알게 될 것이오. 어떠한 슬픔도 찾아올 수 없는, 모두가 스스로 이상향적인 존재가 되는 것이오. 그럼에도 그러한 미래의 도래를 늦추고 이 문을 열고 싶다고?"

얀은 어떠한 말도 하지 않은 채로 검을 빼 들었다.

그의 검은 이전보다도 환히, 그리고 밝아진 색으로 빛나고 있었다.

사도는 무언가를 더 말하려다가, 체념한 듯 오른손 끝을 날카로운 검으로 변형시켰다.

그 모습은 넓은 폭의 검신이 중앙부근에서 한 단 안으로 폭이 줄어들어 얇아진 양날 무기의 모습으로, 탐사대의 무기인 초진동검을 연상케 했다.

얀은 오른손에 쥔 검을 왼쪽 어깨 위로 당겨서 들쳐메듯 잡고 사도에게 다가갔다.

사도는 정해진 자세를 잡지 않고 얀이 휘두른 검을 자신의 검날로 정면에서 막아내고 자신의 왼팔을 검 뒤에 받쳐 얀의 검을 깔끔하게 멈추었다.

멈춘 검을 왼손으로 잡은 사도는 검으로 얀의 머리 쪽에 재빨리 찌르기를 내질렀으나, 얀은 고개를 틀어 그 일격을 피했다.

얀의 구멍 뚫린 투구 아래에서 방금 일격에 쪼개진 오른쪽 귀와 측두부가 드러났다.

깔끔한 반격에 위기감을 느낀 얀이 뒤로 몸을 빼며 거리를 벌리려는 찰나, 사도의 왼발이 긴 말뚝으로 변하여 얀의 오른발에 꽂혔다.

얀은 거리를 벌릴 수 없다는 것을 깨닫자마자 빠르게 최선의 수를 판단했다.

그는 사도에게 붙잡힌 검날을 돌려 그걸 잡고 있던 사도의 손 윗부분을 잘라내고 그의 목을 노려 검을 찔러넣었다.

하지만 사도는 오른팔의 검으로 자신의 목 앞까지 질러진 얀의 검을 내리쳐낸 후 잘린 왼손을 짧은 단도로 변형시켜 얀의 오른쪽 옆구리를 쑤신 다음 그 속의 살을 저며냈다.

싸우는 데 굉장히 능숙하다.

방금 몸을 얻었음에도 군더더기가 없는 동작과 판단력은 좀 전에 싸웠던 사도보다 신체적으로 더욱 약한 것으로 판단되는데도 불구하고 훨씬 위협적이었다.

아마 그는 인간이었던 시절 굉장히 싸움에 익숙했으며 아포리엘과도 많은 교전을 펼쳐 그들의 특징과 싸우는 법을 체득하고 있던 것으로 보였다.

얀의 눈앞에 있는 사도는 몸을 변형할 수 없는 얀이 근접전에서 이길 승산이 높은 존재가 아니었다.

그렇게 판단한 얀이 고민하고 있자, 사도가 입을 열었다.

"열기를 조금 빼고 침착하게 생각해 보시오. 우린 초월을 목전에 두고 있소. 이런 자질구레한 육체에 얽매이지 않는, 개체로서의 가능성과 단체로서의 통일성을 한 번에 가질 수 있는 정신의 초월 말이오. 우리는 이전에 우리들이 인간적인 감정이라 착각하던, 성욕, 식욕, 재물에 대한 탐욕에서 해방될 수 있소. 그것들은 인간적인 감정이 아니오, 짐승들 역시 느끼는 것이니 말이오. 더 이상 먹는 것에 집착할 필요도, 개개인의 사사로운 부의 개념도 필요 없소. 다음 세대가 필요가 없어질 것이기에, 아이조차 더 낳지 않게 될 것이오. 후대에 우리의 유지를 맡길 필요조차 없이, 우리 스스로가 모든 것의 너머를 보러 갈 수 있는 것이오. 우리에게, 당신에게 적이 있을 리가 없지 않소. 우리는 서로 지혜의 대리자로서 존재하는 가족이지 않소? 그대라는 혼돈이 우리에게 오면, 우린 마침내 대통합을 이룰 수 있소. 거부하지 말아 주시오."

얀은 대답하지 않은 채 사도가 밟고 있는 발을 억지로 집어 당겨 빼내고 몸을 뒤로 날렸으나, 사도가 얀의 옆구리에 박힌 단검을 얇은 철사뭉치처럼 변이시키며 살을 뭉텅이로 도려내었다.

거리를 무리해서 벌린 탓에 상처가 많이 생긴 얀은 시간을 벌기 위해 입을 열었다.

사도는 무슨 속셈인지 안다는 듯 돌진하려고 몸을 숙인 자세를 잡았으나, 이내 얀이 회복하는 것을 허락한 듯 몸을 다시 올곧이 펴고 그의 말을 경청했다.

"당신들이, 당신의 별이 말하는 우리의 가능성이라는 게 혼돈에서 나온다면, 그 인간적 욕구가 전부 사라진 상태가 우리의 가능성을 억제시킨다는 생각은 어째서 하지 않는 겁니까? 그 욕구들이 인간적이라는 것은 인간이 고차원적인 욕구를 가지는 것 이외에도 그런 기초적인 생물의 욕구를 한층 더 높게 승화시킬 수 있기 때문이지 않습니까? 아이를 낳기를 원하지 않고, 개인적인 염원을 모든 것 위에 두지 않는 생물이 어찌 가능성을 논할 수 있다는 말입니까? 새로운 혼돈 없이 어떻게 새로운 가능성을 추구하는 겁니까?"

사도는 잠시 생각하더니 자신감 있게 답했다.

"우리는 젊은 종족이고, 우리의 우주는 젊은 우주기 때문이오. 우린 더 이상 어리지 않지만, 깨달음을 얻을 만큼 늙지도 않았소, 우리가 아이를 더 이상 낳지 않을 것은, 우리의 생물로서의 욕망을 내려놓는 것은 비단 그럴 필요가 없어서일 뿐만이 아니오. 우리가 원하는 것은 마치 하나의 불멸하는 거대한 생물체를 만드는 것과 같소. 우리의 별이 뇌가 되고, 우리 모두가 하나하나의 세포가 되어 뇌에 영향을 주고 각자의 역할과 의지를 가진 채 행동하는, 단일 개체의 집합으로 만들어진 큰 개체 말이오. 우리가 이루는 거대한 몸은 아직 젊기에, 대부분의 것을 알지 못하오. 하지만 진정한 영원으로 가기 위해서는 우리 몸의 모든 것과 우리 주위의 모든 것을 알아야만 하지. 새로운 세대, 즉 새로운 세포들은 새로운 혼돈을 갖고 있지만 그것이 생산적일지 파괴적일지는 알 수 없소. 모르는 것이 늘어나고, 진실에서 멀어진다는 말이오. 그 혼돈이 우리에게 유익한지 유해한지 알게 되었을 무렵에는 이미 그 혼돈의 영향력이 발휘된 후가 되오. 그것이 행한 진실은 돌이킬 수가 없게 되고, 그것의 영향을 받은 미지가 더욱 늘어나게 된다는 얘기요. 물론 그것이야말로 혼돈의 핵심이지만, 모든 것이 그러하듯 혼돈과 가능성 역시 더욱 발전적인 형태를 가지기 위해선 선별과 선택이 필요하고, 우린 선택을 내린 것이오. 현재 존재하는 모든 인간들이 우리와 함께하게 된 후에, 아직 그들의 가능성도 완전히 알지 못한 상태에서 새로운 미지를 늘리는 것을 멈추길 선택한 것이오. 새로운 가능성을 통제함으로써 현재에 존재하는 모든 가능성들이 온전히 발휘될 수 있도록, 그리하여 모든 것을 질서 아래에 둘 수 있도록 선택한 것이지. 진실의 탐구를 위해서 가능성을 통제하고, 새로운 혼돈은 모든 것을 알고 난 후에 만들어도 늦지 않다고 판단한 것이오. 이것은 우리가 이전의 형상일 때 사용하던 법이란 것과 유사하다고 볼 수 있소. 하지만 법은 늘 새로운 파괴적 가능성의 출현에 고전하여 끊임없이 수정되고, 그렇게 바뀌어 버리면 이전에 세운 규칙조차 빈틈이 생겨 물러져 버리지. 그것은 본디 법칙이란 절대적 강제성을 갖고 있으며, 그 아래의 모든 존재에게 적용되어야 하기 때문이오. 마치 신의 법칙 중 하나인 중력처럼 말이야. 때문에 젊고 무지한 우리가 탐구를 위해 새로운 질서를 세우고, 그 질서가 무너지지 않게 유지해야만 우린 젊은 채로 다시 태어날 수가 있소. 그렇게 우리는 갓 태어난 탐구자로 바뀌어 어린아이의 순수한 집중과 그 무구한 모험심을 얻을 수 있는 것이오. 아이가 성인의 판단과 결정을 동경하는 것처럼 그게 결국 우리가 아이를 동경하는 이유 아니겠소? 시간이 지나면서 무지가 만든 순수한 동경이 지혜가 만든 질서로 바뀌는 것이 우리의 진화 그 자체가 아니었냐는 말이오. 우리는 아이들이 가진 근원에 가까운 혼돈을 동경하지만 동시에 그들이 가진 무지를, 무모를, 무질서함을 혐오한다오. 우린 젊기에 그들보다 많이 알며 그들보다 신중하고 질서 잡혀있소. 하지만 탐구심을 가지지 않는 한 우린 결코 아이의 순수함을 얻을 수는 없소. 그리고 탐구심이란 대조에서 시작되지. 알고 있는 것과 모르고 있는 것의 대조, 나와 그 외의 존재의 대조. 그렇기에 스스로를 확고히 아는 것만큼 탐구심을 높이는 수단은 없고, '우리'라는 별의 아이들이 우리 스스로 하나로서 뭉치는 것보다 순수함에 가까워지는 길은 없소. 즉, 우리는 질서와 순수라는 양립한 적 없는 미덕을 갖추기 위해 혼돈을 생성하는 것을 멈추길 선택한 것이오."

사도는 말을 멈추었으나 무언가를 잡으려는 듯 손을 앞으로 뻗었고, 그 후에 다시 짧게 이야기하기 시작했다.

"후대를 끊는다는 생각은 언뜻 보기엔 잘못되어 보일지 모르나 이런 숙고를 거쳐서 내려진 결정이오. 오로지 전지를 위해 움직이는 존재가 되는 것이오. 그리하여 우리는 다음 세대를 만들 일도, 누군가의 등에 칼을 꽂는 슬픔을 느낄 필요도 없소. 한때 누군가의 마음이 담겼던, 소중했던 이를 연상시키는 물건을 아무도 관심 없는 무성한 풀숲 속에 던져버릴 일도, 그 물건이 기억 속에 바래질 일도 없소. 이 모든 것은 불변하는 진실이기에, 다른 이들이 아닌 오롯이 우리라는 종을 위해 세상에 기록된 이야기고, 우리의 기억 속에 잊혀져 버린 이야기요. 그렇기에 슬픈 것이오. 알 수 없는 미래, 가능성은 곧 예측하지 못하는 슬픔과 같기에."

긴 이야기 끝에 얀의 몸은 회복을 완료했으나 사도의 대답에 그는 검을 내려놓고 잠깐 생각에 빠졌다.

사도는 그것을 방해하지 않고 거리를 두며 그를 지켜보았다.

이윽고 생각을 끝낸 얀은 다시 검을 집어 들어 자세를 잡았고, 사도는 그에 응했다.

"아직 수용하지 못하겠다니 안타깝소. 그대 심장에 머무르는 또 다른 이가 있는 만큼 강제적으로 수용시키는 짓은 위험하여 하고 싶지 않았으나 방법이 없다고 한다면 주저하진 않을 것을 알아주오."

얀은 고개를 다시 끄덕이고는 바로 사도에게 도약하여 검을 양손으로 잡고 내리쳤다.

아까와 비슷하게 자신의 검을 손으로 받치며 얀의 검을 막아내는 사도였으나, 이번엔 내려친 느낌이 가벼웠다.

사도가 얀의 의도를 깨닫기 전에 얀은 다리로 사도의 허벅지를 밟아 검에 시간차를 두고 힘을 싣는다.

충분히 강하게 힘을 실은 얀은 막혀버린 자신의 검을 비틀어 검각(劍角)을 바꾼 뒤에 자연스러울 정도로 깔끔하게 사도의 얼굴에 검을 쑤셔 넣었다.

사도는 최대한 반응하여 얼굴을 비틀었으나 검은 얼굴 껍질을 깨고 그 속에 있는 남성의 콧등에 큰 상처를 내며 지나갔다.

사도가 당황한 틈에 얀은 그대로 허벅지를 차서 거리를 벌렸으나, 사도는 곧바로 얀을 추격하여 오른팔의 검으로 찌르기를 내지르면서 왼손을 낫처럼 바꾸어 얀의 목을 노리고 횡베기를 하였다.

얀은 왼손에 검을 넘기고 사도의 찌르기를 검으로 쳐내면서 휘둘러진 낫의 날에 오른손을 대어 궤도를 틀었다.

낫은 얀의 손을 반으로 가르며 궤도가 틀어져 얀의 오른 겨드랑이 아래에 얕게 꽂혔다.

그러곤 그는 사도의 공격을 막은 왼손의 검을 미끄러뜨리며 사도의 상반신을 크게 베어냈다.

사도는 얀의 예상치 못한 수려한 움직임에 위협을 느끼며 뒤로 도약하여 거리를 벌렸다.

얀은 사도를 베어낸 검을 몸 앞에 늘어뜨린 채 그에게 말했다.

"그렇다면 어째서 당신들은 인간이었을 적 소중히 했던 것들에 집착하는 건가요? 그 시절 얻었던 동경과 열망 모두 인간적 감정의 집합들이 아니었나요? 당신의 모습이 진화라고 한다면, 어째서 당신의 어린 시절이라고 할 수 있는 인간 시절의 지표에 그리 매달리는 건가요?"

사도는 얀이 무슨 말을 하고 싶어 하는 건지 몰라 잠시 멈추었다가, 곧 그가 유년시절에 얻은 순수한 열망이 어른으로 성장해서도 인간을 움직이는 원동력이 된다는 것을 강조하여 새로운 가능성의 탄생은 근본적으로 유익하다는 논점을 갖고 가려 한다는 것을 깨닫고 확신을 담아 대답했다.

"인간으로서 가진 욕구와 감정들의 집합으로 생겨난 이상은 물론 추악한 것이 있는 만큼이나 숭고한 것도 있기 마련이지. 범우주적인 이상들 말이오. 우리의 이상은, 모든 이상이 그래야 하듯이 목적 위에 있지 않소. 목적이 이상 위에 있지. 별이 우리에게 영원의 추구, 신에 대한 믿음이라는 목적을 준 이상, 우린 그 아래의 이상적 신념을 사수해야 하오. 그렇기에 어떤 이는 자신에게서조차 벗어난 자유를, 어떤 이는 한 사람만을 위해 만인에게 평등한 사랑을, 어떤 이는 불변하는 깊고 슬픈 진실을 외친다오. 그 모든 것들이 별이 내린 목적 아래 우리가 세운 질서에 타당성을 부여해주기 때문이지. 그것들이 우리의 신념 그 자체기 때문이오." "그럼 당신이 이상을 품고자 했던 인간으로서의 삶은 행복했나요?" "의미가 없는 질문이군. 결국 행복이라는 것은 스스로의 의미에 충실한 시간을 말하는 것이오. 그 의미를 무엇으로 상정하며, 자신의 의의를 어떻게 보고 있느냐에 따라 많은 것을 이룸에도 불행한 이들이 있고, 이룬 게 거의 없음에도 행복한 이들이 있지. 삶이 행복했냐는 것은 그 충실한 시간의 비율이 높았냐는 거요? 그 시간들의 끝에 결국 스스로의 이상을 완성했냐는 것이오? 어느 쪽이든 의미는 없소. 그 모두가 목적 없는 방황에 지나지 않았으니. 삶에 상처가 많았냐고 묻고 싶은 것이라면, 상처는 수없이 많았소. 허나 우리는 태어날 때부터 끊임없이 싸우기 위해 존재하지 않소? 우리의 삶은 끝없는 투쟁 그 자체가 아니냐는 말이오. 그렇기에 상처의 수가 많을수록 농도가 짙은 삶을 살았다는 증거가 된다고 믿지만, 결국 그 모든 것은 목적이 없다면 특별함이 존재하지 않는다고 생각하오. 그 상처들 모두 내가 원하는 것을 위해… 내가 원하는 것… 그렇군. 의미 없는 질문이 아니었군. 결국 내가 원하던 것, 상처를 입어가면서도 이루길 바라던 나의 인간으로서의 목적 그 자체가 행복이었다는 말이군. 가장 원시적인 형태의 목적임에도 목적이라고 할 수 있으니 그렇다면 내 인간으로서의 방황과 상처는 무의미하지 않았다는 말을 하고 싶은 것이오? 정말 그럴지도 모르오. 허나 내 행복, 내 의의와 의미에 충실함은 나에게가 아닌 다른 존재에게 그 여부가 맡겨져 있었소. 그러니 어찌 내가 행복할 수 있었겠소?"

그 후 아무 말 하지 않고 무언가를 생각하던 사도는 이내 안 쪽을 바라보며 오른손의 검을 더욱 얇고 예리하게 변화시켰다.

얀 역시 검신에 손을 대고 살짝 문지른 다음 사도에게 다가갔다.

얀의 검은 사도와 대화하기 전보다 밝은 빛을 뿜고 있었다. 서로의 거리에 도달하자마자 사도가 얀의 머리를 노리고 검을 내리쳤다.

얀은 그걸 반보 옆으로 피하여 어깨 갑주로 받아 흘리면서 양손으로 쥔 검을 휘둘러 사도의 오른 어깻죽지와 함께 그 목을 베어 가르려 했으나, 사도는 검이 어깨에 파고들려는 순간 몸을 틀어 왼손으로 얀의 검을 막아냈다.

하지만 얀의 검에는 이전과 다른 예기가 둘러져 있었다. 얀의 검은 사도의 왼손부터 팔뚝까지를 가르면서 올라가다가 사도가 왼팔 자체를 가시그물망처럼 변화시켜 검날을 붙잡자 그제서야 궤적을 멈췄다.

얀은 고정된 검의 검신과 자루를 양손으로 잡고 지렛대처럼 비틀어 사도의 왼팔을 잘라냈다.

그럴 동안 사도의 오른팔은 무방비한 얀의 대퇴부를 파고들어 얀의 오른 골반부터 허벅다리까지를 깔끔하게 잘라내어 버렸다.

얀은 앞으로 고꾸라지며 사도의 오른팔을 잡았고, 사도는 얀이 잡은 부위를 가시로 변형시켜 그를 떨어뜨리려 했으나 얀은 온몸을 다해 사도의 팔에 매달리며 검을 사도의 쇄골에 찔러넣고 몸을 눌러 사도를 깔아뭉개며 함께 쓰러졌다.

얀이 검으로 사도의 오른팔을 자르려고 하자 사도는 자신의 오른 팔을 긴 창처럼 변이시켜 얀의 왼팔에 쑤셔 넣었다.

그러고는 얀의 팔을 관통한 부분을 넓적하게 변형시켜 왼팔을 전부 뜯어냈다.

얀은 아랑곳 않고 검으로 사도의 팔을 뚫었으나, 사도가 왼팔에 그랬던 것처럼 오른팔도 가시 올가미 같은 구속구로 변형시키자 한 손만으로 검을 빼낼 수 없게 된 얀은 검을 놓고 주먹으로 사도의 얼굴을 내려치기 시작했다.

강력한 주먹질에 투구의 파편들이 떨어져 나가기 시작한 사도는 오른발을 얀의 배에 대고 힘껏 밀어 얀을 날려 보냈다.

수 미터 뒤로 날아간 얀은 팔과 다리의 회복을 기다리고, 사도는 비틀거리며 자리에서 일어났다.

"당신은 진실과 슬픔을 부르짖지만, 영원불변의 진실을 호소하면서도 저에게 진실되지 않는군요. 일전에 내가 대화했던 소녀는 사도였습니다. 그녀는 진정으로 자신의 의의를 초월적으로 승화시켰어요. 진정 자신이 하는 말을 모두 믿고 있었다는 말입니다. 하지만 당신의 말에서는 미약한 의심이 보여요. 거짓이 느껴져요. 정말 당신은 인간으로서 행복하지 못했었나요?"

사도는 아무 말 없이, 팔조차 재생되지 않은 상태로 얀에게 달려들었다.

얀은 왼 다리로 뛰어오르듯 튀어나가 오른팔로 강하게 사도의 안면을 가격하여 날려 보냈다.

사도의 투구는 완전히 부서져서 안에 있는 얼굴이 훤히 드러났다.

동양풍의 날카로운, 젊음이 사라지고 있었을 법한 나이대의 검보라색 혈관이 도드라진 사내의 얼굴이 나왔으나, 그 시선은 얀을 보고 있지 않았다.

얀은 말을 계속했다.

"정말 행복하지 못했다면 어째서 부조리함이 아닌 슬픔을 말하는 것인가요? 왜 새로 새겨지는 진실들의 수많은 기쁨보다 하나의 슬픔을 두려워하는 데에 급급하나요? 그렇다면 행복한 시간 없던 전생을 버리는 것은 큰 기쁨이 아니었나요? 어째서 진화의 기쁨으로 설득하기보다 진실의 슬픔으로 위협하는 것인가요? 새겨진 진실을 바꿀 수 없다는 걸 깨달은 당신이 후회를 할 것이라 생각하진 않아요. 그렇다면 그 슬픔의 이유는 그립지만 다시 찾을 수 없는 것에 있겠죠. 그리고 그 시간들이, 그 진실이 행복했기에 그리운 것이겠죠. 아닌가요?"

사도는 아직 덜 재생된 자신의 왼팔을 변형시켜 오른팔에 박혀있는 얀의 검을 빼내었다.

그러나 얀의 검에서는 빛이 나지 않고 있었으며 사도의 왼손은 무리하게 변형을 한 탓인지, 다른 이유가 있는 것인지 눈에 띄게 떨리고 있었다.

얀이 말을 이었다.

"당신은 인간적 감정들을 초월하여 사상적 존재가 된 것이 아니에요. 당신은 너무 큰 슬픔을 이겨내기 위해 스스로를 속이고, 그 슬픔은 알지 못하는 진실로부터 나왔노라고 자신에게 타이르고 있을 뿐이에요. 물론 모든 슬픔, 불행, 좌절과 고뇌의 원인은 진실에 대한 무지에서 나올지도 몰라요. 하지만 슬픔 그 자체가 무지에서 나오던가요? 당신의 정신에 화상처럼 아로새겨진 그 아픔은 알지 못함에서 나오던가요? 어쩌면 그 반대가 아니었을까요? 당신이 그리워하던, 행복을 느꼈던 시간들을 알고, 그 시간들로는 돌아가지 못한다는 걸 알고 있기에 슬픈 것 아닌가요? 그렇다면 진실을 앎과 그렇지 않음이 과연 슬픔을 만드는 근원적 이유일까요?" 사도는 떨리는 팔에 쥔 검을 떨어뜨렸다. 그의 잘린 팔도, 부서진 투구와 상처 난 몸도 재생되고 있지 않았다. 그의 몸에는 빛이 흐르고 있지 않았다. 그는 갑자기 정신의 깊은 곳에 보물처럼 숨겨둔 의문이 생각났다. 나는 그 펜을 보관해 두었던가. 분명 어느 시점까지는 보관해놨던 것이 기억났으나, 그 이후는 확실하지 않았다. 얀이 말을 이어갔다. "당신이 다음 세대를 만들지 않고, 가능성을 통제한다는 것에 동의한 것은 비단 별의 논리를 수긍했기 때문만은 아닐 거예요. 당신은 아이들을, 그리고 한때 아이였던 자신의 모습을 알기에 그것을 저버림으로써 인간이었음을 완전히 버릴 수 있다고 생각했던 것은 아닌가요? 사람들이 어린 시절을 추억하고 아이들을 동경하는 이유는 오직 아이의 순수한 집중과 그 가감 없는 모험심을 그리워해서만은 아닐 테니까요. 그 시절 새겨졌던 기억 속 진실들의 불완전함과 당시의 미지에 대한 동경이 섞인 것은 아닐까요. 어쩌면 자신이 그 순간 바라왔던 모습과 전혀 다른 현재에 대한 통탄일수도 있겠지만, 그러한 슬픔이나 미래에 대한 무지에서 나온 불행들조차도 돌아보면 아름다웠노라고 회상할 수 있기 때문은 아닐까요."

사도는 힘없이 무릎부터 쓰러져 앉았다.

그의 몸에선 갑주들이 거의 다 떨어져 나가고 있었다.

얀이 마지막으로 물었다.

"진실에 대해 탐구하는 것이 모든 슬픔에서 벗어나게 해줄 수 있는 것만큼이나, 진실을 알지 못하는 상태에서 미지에 대해 동경하는 것 또한 아름답다고 생각하지 않나요? 어쩌면 그 후의 결과를, 진실이 도달할 슬픔을 알고 있음에도 다시 같은 선택을 내릴 수 있다면, 그것이야말로 우리의 존재를 정의하는 궁극적 선택이 아닐까요. 그것이 진정한 진실에 대한 추구이진 않나요. 그 슬픈 결말을 알고 있음에도, 과정 속에 느낀 행복을 좇는 것. 새겨진 모든 진실을 슬픔과 행복 모두 부정하지 않고 받아들이는 것."

사도의 껍질이 완전히 부서지고 근육이 갈라져 가루가 되어 날리자 그 안에서 빛을 내는 남성이 무릎 꿇고 있는 형상이 나타났다.

그 빛은 검보라색이 아닌, 백색광이었다.

남성의 뒤에 닫혀있던 문이 큰 소리를 내며 열리고, 남성과 같은 순백색의 빛이 새어 나왔다. 그 문 너머에서 무언가가 남성의 무릎 옆으로 굴러 나왔다.

"당신은 선택하시는 것이군요. 후회는 없나요?"

빛이 나는 남성은 얀을 올려다보고 웃었다. 그 얼굴은 얀보다도 젊고, 태양보다도 밝아 보였다.

남성은 자신 옆에 굴러들어온 펜을 주워들고는 말했다.

"글쎄, 그건 잘 모르겠어. 생각할 시간이 없는걸. 난 이 펜을 돌려주러 가야 하거든."

남성은 그러고는 문 너머로 달려가 사라졌다.

열린 문에서는 더 이상 빛이 새어 나오지 않았다.

마지막 그 형상은 얀이 보고 싶던 그의 마지막이었을까?

그로서는 알 수 없었다.

잠시 휴식을 취하며 상처를 회복하고 문을 넘어간 얀은 더욱 짙어지는 안개 속으로 발을 디뎠다.

안개가 짙어질수록 속삭임은 더 이상 들리지 않게 되었으나, 두 명의 사도와 의견을 나눈 얀의 검은 보라색의 섬광을 강하게 머금어 이전보다 월등히 밝게 빛나고 있었다.

그 빛은 이미 얀과 결합하기 전의 사도가 들고 있던 검보다 선명한 광채였다.

얼마간 조용한 안개 속을 묵묵히 걸어가던 얀의 시야에 붉은빛이 일렁이는 것이 들어왔다.

그 빛은 얀을 향해 다가오고 있었고, 무언의 약속을 나눈 듯 얀 역시 그 빛을 향해 다가가기 시작했다.

멀리서 다른 이가 보았다면 보랏빛 혜성과 붉은빛 유성이 서로에게 이끌리는 것처럼 보였으리라.

붉은빛은 이내 안개를 모두 헤치며 얀의 앞에 모습을 드러냈다. 그것은 얀이 만난 적 있는 사람의 모습이었다.

남녀를 가리지 않고 눈길을 돌리기 쉽지 않을 만큼 또렷한 이목구비에 새겨진, 반사된 세계가 비쳐 보일 만큼 맑고 아름다운 눈동자를 가진 여성은 인간일 적 '진'이라는 이름으로 불렸었다.

진은 얀을 보고 살짝 눈웃음 지은 후에 다시 자신이 왔던 곳으로 걸어가기 시작했다.

그 걸음걸이는 느긋하고 안정되었기에 얀은 금방 그녀의 옆에 서서 함께 걸을 수 있었다.

가는 동안 그들은 한마디의 말도 나누지 않았으나, 얀은 진을 훨씬 더 잘 알게 되었다고 생각했다.

어쩌면 그녀는 자신의 자매처럼 본래의 모습을 찾은 것일까. 이내 짙은 안개가 옅게 흩어지고, 세 번째 고치가 있는 장소에 도달했다.

고치 뒤로는 어디로 이어져서 고정되어 있는지조차 모를 거대한 실타래가 복잡하게 얽혀 일종의 벽을 만들고 있었다.

진은 고치에 걸어가 그 안으로 웅크리듯 들어갔다.

그러자마자 고치의 껍질이 깨지고 벌어지며 안에서 사도가 튀어나왔다.

그 사도-진은 곧바로 입을 열어 말을 뱉었다.

"저는 이 실의 사슬들을 끊을 권한을 받은 자예요. 사랑하는 당신, 당신의 뜻만 있다면 우린 모두 함께할 수 있어요. 우리 함께 깨어있는 꿈에서는 해와 달이 어슴푸레 비치는 광야의 푸른 언덕 위를 걷고, 무의식의 꿈에서는 흰 해바라기가 빛나는 별 없는 밤하늘 아래의 화원을 거닐어요. 사랑은 모든 것에 대한 수용이기에, 하나를 사랑함은 모두를 사랑하는 것과 같음이에요. 사랑은 모든 것을 묶는 실이기에, 다른 이의 외침이 나의 외침이라 말할 수 있음이에요. 사랑은 무관심을 불태우는 잉걸불이기에, 사랑받지 못하는 것들 모두를 사르러 없애버릴 힘이에요. 저와 함께 걸으면, 불순함의 단편조차 없을 순수하고도 뜨거운 사랑을 알게 될 거예요. 배신도, 욕망도, 바람도, 이별도 없는 가장 깊은 사랑을. 그리고 당신이 사랑을 알게 된다면, 머지않아 별과 함께하고 앞으로 함께할 모든 이들이 그 따스함을 알겠죠. 자, 당신을 위해, 나를 위해, 그 외의 모든 이들을 위해 제 손을 잡아줘요. 당신도 저를 사랑하노라고 말해줘요."

얀은 대답하지 않은 채로 진의 앞에서 뒤돌아 몇 걸음을 걸은 후 검을 빼내며 돌아섰다.

검이 내뿜는 달빛처럼 밝은 광선은 쓸쓸히 뻗은 진의 손을 비췄다.

진은 말없이 손을 내렸으나, 그 어색함에서 투구 뒤에 있을 그녀의 아름다운 얼굴이 진정 침통한 표정을 짓고 있으리라는 것을 상상하니 괜스레 얀의 가슴이 아렸다.

그제서야 얀은 진의 여동생의 이름을 언젠가 들어본 적이 있음이 기억났다.

진과 그녀의 여동생은 도시의 어여쁜 우상과 같은 존재였기에, 아마 얀이 일하는 작업장의 인부들이 시시콜콜한 음담패설을 하는 걸 우연히 들었던 것일 테지만, 그녀의 이름은 린이었던 것으로 기억한다.

얀이 만난 린은 누구보다 사도스러웠다.

그녀에게서는 이전 얀과 함께하기로 했던 사도에게서 느껴지던 일종의 목적에 대한 헌신이 느껴졌다.

그러나 그녀 이후에 만난 남성 사도는 그 헌신이 거짓으로 바뀌어 가는 것을 느낄 수 있었다.

그가 숨기기 위해 거짓말을 한 시점에서 그는 아직 인간이었음을 알 수 있었다.

진의 행동에서도 역시 헌신은 느껴졌으나, 그 대상은 목적이 아니었다.

오히려 그녀는 헌신을 위해 목적을 이용하는 듯한 느낌을 주었다.

그녀의 말에서 그녀가 사랑을 전도하려 하는 이유를 충분히 짐작할 수 있었으니, 모두를 사랑하는 계기가 되는 단 하나를 사랑하기 때문이리라.

진의 근육 속 빛들이 맥동하기 시작하고, 그녀의 뾰족한 손가락 끝들이 더욱 날카로워지며 길이가 조금씩 늘어났다.

그건 원초적인 짐승과도 같은 형상이었다.

얀이 반응하기도 전에, 진은 순식간에 얀의 앞으로 달려와 왼손을 휘둘렀다.

얀의 갑주를 종잇장처럼 갈라버릴 만큼 날카롭고 단단한 손톱이, 공기를 압축시켜 충격파를 발산할 만큼 빠르게 얀의 가슴께를 조각내고 지나갔다.

얀의 가슴 갑주와 그 아래의 근육에 깊은 파열이 일어나고 그 파편들은 재로 변해 허공에 날렸다.

진은 아래에서 위로 왼 손톱을 올려치자마자 돌아갔던 허리를 다시 회전시키며 오른손으로 얀을 다시금 내리쳤다.

얀은 가까스로 검을 들어 손톱을 흘렸으나, 진은 아사 직전의 짐승과도 같이 자세나 상황, 급소를 가리지 않고 오로지 본능에 맡겨 난도질하기 시작했다.

오른손을 쳐내면 왼손이 빈 곳을 훑고, 한 손으로 검을 들어 쳐내고 다른 손으로 진의 손을 잡으려 해도 유려하게 궤도를 틀어 더 깊은 상처가 날 뿐이었다.

신체적 능력은 여지껏 싸워온 어떤 적보다도 월등히 강함이 틀림 없었다.

대화는커녕 생각할 시간조차 주지 않는 그녀에게서 얀은 공포마저 느꼈다.

어느 정도 그녀의 속도에 익숙해질 때까지 몸을 비틀어 피해를 최대한 줄이며 방어에 전념하던 얀은, 이대로라면 수 초 내로 갑주가 전부 파괴될 것이라는 걸 눈치채고 행동에 나섰다.

내려치는 왼손을 검으로 막은 얀은 올려치는 오른손을 피하려 하지 않고 그대로 앞으로 들어가 진의 오른손에 옆구리를 내어주면서 그녀의 머리를 자신의 머리로 최대한 강하게 내려찍었다.

휘청거리는 그녀는 체중을 지탱하기 위해 왼 다리를 앞으로 내디뎠다.

얀은 그 왼 정강이를 강하게 걷어차고, 앞으로 고꾸라지는 그녀의 투구에 나있는, 얀의 투구가 가격하여 금이 나버린 곳에 정확히 검자루를 꽂아 넣었다.

그녀의 투구 이마 부분이 크게 부서지고, 얀은 겨우 그녀에게서 의미 있는 거리를 벌릴 수가 있었다. 그 틈을 이용해 얀은 대화를 시도했다.

"당신이 진정 사랑하는 게 누구인지 알아요. 당신의 혈육인 린이 겠죠. 그렇다면 어째서 그 아이를 위해 싸우지 않는 건가요? 어째서 모두를 사랑하는 것에 집착하나요?"

진은 흔들리는 몸을 바로잡고 허리를 곧게 편 후에 대답했다.

"그건 그 아이의 의미가 자유이기 때문입니다. 꿈속에서 당신과 그 아이의 논쟁을 보았어요. 당신이 말한 것처럼 자유는 속박과 같고, 그것 없이 존재할 수 있는 게 아닐 테지만, 그것은 그 속박이 모두에게 같은 의미를 가지고 있을 때 자유와 동의가 되는 것이라 생각해요. 마치 중력과 운명처럼요. 사랑 역시 속박이니, 그와 마찬가지일 것이에요. 제가 그 아이를 진정 사랑함에도 그녀의 자유를 해치지 않기 위해서는 제가 모든 특별한 이들을 사랑해야만 해요. 그리고 모든 인간들은 특별할 수밖에 없으니, 전 모든 인간들을 사랑하는 것이에요. 그것이 제가 바치는 헌신입니다. 모든 존재는 순수한 사랑을 위해 어떠한 형태로든 헌신을 할 수밖에 없죠. 그게 사랑의 정의 중 하나이니까요. 당신 역시 한 사람을 사랑하기에 이곳까지 온 것이 아닌가요?"

얀은 그 질문에는 굳이 답을 하지 않았다.

소녀를 깊이 사랑하고 있지 않다고 한다면 그건 거짓말이 될 것이지만, 그가 소녀에게 느끼는 것은 보다 더욱 깊은 무언가였다.

얀은 진에게 하는 대답을 얼버무리고서는 또 다른 질문을 던졌다.

"그러나 당신이 저를 사랑한다면 어째서 제게 손톱을 휘두르시는 건가요? 사랑이 이해이고 수용이고 나아가 헌신이라면 당신은 저의 선택마저 사랑해야 하는 것 아닌가요?"

진은 이제 투구의 회복을 마치고 다시 손바닥을 크게 펼치고 있었다. 그녀의 입에서 조용히 대답이 흘러나왔다.

"사랑에도 선별이 있을 뿐, 그 외의 의미는 없어요. 사랑은 혼자서 하는 것이 아니기 때문이죠."

그 말을 끝으로 지면을 박차고 돌진한 진은 얀의 품에 깊이 파고들려 했으나, 이번엔 그가 준비되어 있었다.

얀은 진의 갑작스러운 발돋움에도 놀란 기색 없이 그녀의 발에 맞춰, 그녀가 몸을 오른쪽으로 기울이면 자신도 오른쪽으로 똑같이 거리를 벌리면서 빼고, 어느 방향을 공격하려 해도 거리를 쉽사리 내어주지 않았다.

그는 그녀의 공격을 파훼하는 것이 손에 집중하는 것이 아닌 체중이 실린 다리의 움직임을 미리 읽는 것에 달려있다는 것을 파악한 것이다.

그렇게 마치 듀엣으로 춤을 추듯이 방향에 맞춰 공격을 피해가며 생기는 약간의 틈과 조금의 공격거리 차이를 이용하며 조심스럽게 검을 휘둘러 얀은 세밀하게 진에게 얕은 상처를 쌓아갔다.

진은 거리를 순식간에 좁힐 방도를 찾지 않는 이상 피해를 줄 수 없다는 것을 알게 되자 잠시 거리를 벌렸다가 접근방법을 바꿨다.

정면으로 돌진하는 것이 아닌, 들개가 사냥감을 몰아세우듯 얀의 주위를 원으로 돌면서 접근했다가 빠지길 반복했다.

그렇게 거리감각과 타이밍을 혼란시키며 조금씩 원을 좁혀간 진은 충분히 가까워져서 얀이 피하기 힘드리라 생각한 순간, 옆에서 크게 달려들어 얀을 덮쳤다.

얀은 짙은 안개와 옅은 안개를 왔다 갔다 하는 진의 움직임을 순간적으로 놓쳐버렸기에, 그녀가 달려드는 순간 요격할 요량으로 자세를 고쳐잡았다.

진의 손톱이 뻗어 나온 순간, 얀의 검신에 맥동하는 강렬한 빛이 수축하며 검날이 스스로 압축되듯이 검이 더욱 얇고 단단해졌다.

진이 휘두른 오른손을 얀이 자신의 검으로 요격하자, 얀의 검이 진의 손톱과 함께 손을 베어내고, 그럼에도 기세가 꺾이지 않고 계속 그녀의 팔을 가르며 어깨 위까지 올라가 진의 팔을 두 동강 내며 지나갔다.

진은 얀의 검에 일어난 변화를 눈치채고 황급히 뒤로 도약해 거리를 벌렸다.

진이 다시금 얀의 주위를 짐승처럼 어슬렁거리면서, 그에게 질문했다.

"당신이 지금까지 린에게, 현철에게, 저에게 뱉은 말들을 생각해보면 마치 인간이 지금의 상태로도 괜찮다고, 인도받을 필요 따위 없다고 생각하는 것처럼 보이기까지 해요. 정말로 당신은 그렇게 생각하나요? 당신의 말에 틀린 점을 찾지는 못했다는 것을 인정해요. 하지만 그건 당신이 국소적인 부분만을 바라보기 때문 아닌가요? 당신은 인간이 현재 존재하는 상태 자체로 완벽하며, 시행착오를 겪으면서 나아가다 보면 언젠가 인도받은 것보다도 더욱 높은 경지에 도달할 것이라 생각하는 것 같아요. 어쩌면 그런 인류애에 대해서, 당신과 저희의 별이 닮았다는 것을 이해할 수 있지만, 저희의 별은 당신만큼 인간을 사랑하면서도 그들이 인도받아야 한다고 생각해요. 저역시 그 생각에 동의하고 있죠. 인간은 나태해요. 인간은 끝없는 의지, 사그라들 줄 모르는 광기, 자신의 몸을 분쇄할 것 같은 헌신과 이 모든 것을 사용할 명석함이 있음에도 그것들을 사용하는 데에서 고통을 느껴요. 인간은 추악해요. 손을 뻗으면 위대함에 닿을 수 있고, 눈을 뜨면 순수함을 회복할 수 있음에도, 한순간의 유혹에 몸을 맡겨 자신의 가치를 정의하는 것이 자신의 우선순위 그 자체라는 것을 망각하죠. 그러고선 많은 이들이 자신처럼 행동한다고 자신의 추악함을 정당화해요. 인간은 나약해요. 대부분의 인간이 긴 시간을 살 수 없음에도 시간이 무궁하다고 스스로를 속이고, 스스로가 특별하다고 믿기를 두려워해요. 아니, 스스로는 특별해지고 싶지만 그에 따른 책임을 지는 것을 두려워하죠. 이 모든 것은 이들이 사랑을 모르기에 일어나는 일이지 않나요. 사랑은 평등함이고, 선별받은 이들 사이의 가치가 다름에도 그 극한은 같을 것이라는 약속이에요. 그렇기에 사랑은 자유이기도 한 것이라 생각하지 않나요?"

얀은 검을 진의 움직임에 맞춰 이리저리 돌리며 대답했다.

"인간은 때로 추악하고, 나태하고, 나약하죠. 아무리 그들이 높은 가능성과 변하지 않는 기저를 가지고 있다고 해도, 때로 그렇게 부패해 가기에 수많은 이들이 특별하지 못하게 스러져 가는 것이겠죠. 그런 인간들 모두에게 하나같이 가장 중요한 바람, 가장 숭고한 형태의 소원이 사랑일 것이에요. 당신은 그 이유를 생각해본 적이 있나요? 당신은 모두가 특별하기에 모두가 사랑받을 자격이 있다고 했죠. 지금 특별하지 못한 이들은 궁극적 목표가 없기에 그런 것이며 그런 이들을 하나로 묶어줄 것이 사랑이라고?"

진은 대답하기에 앞서 얀에게 달려들었다. 얀은 진이 손을 휘두를 때까지 기다렸다가, 그녀가 오른손을 내려치는 순간 그녀의 머리를 노리고 횡베기를 했다.

얀이 양손으로 크게 힘을 실어 휘두르는 검을 본 진은 빠르게 판단하여 오른팔을 머리 앞으로 세워 방어했고, 얀의 검은 진의 팔을 다시 양단하며 방향이 틀어져 그녀의 투구를 깎아낼 뿐이었다.

그녀의 투구에 난 절단면에서부터 균열이 진의 투구 전체로 퍼져나갔다.

그때 그런 거대한 동작을 한 얀의 비어버린 동체에 진의 왼손이 깊숙이 박혀 들어갔다.

　진이 얀의 갑옷과 근육, 그 안에 있는 갈비뼈들까지 무더기로 집어 뜯어내자 얀의 구멍 뚫린 가슴 정중앙에 맥동하는 심장이 드러났다.

　얀은 진의 얼굴에 강하게 주먹을 꽂아 넣었고, 주먹은 금이 간 투구를 산산조각내며 진의 옆얼굴을 찌그러뜨리고 그녀를 날려 보냈다.

　잠시 후 진이 비틀거리며 일어서자, 검보라색으로 바뀐 그녀의 피부와 색이 바래가는 긴 머리, 붉게 빛나는 고혹적인 눈동자가 드러났다.

　진은 그제서야 대답을 했다.

　"바로 그런 거예요. 사랑은 아름다움에 대한 동경이니, 모두에 대한 사랑이 그들을 특별하게 만들어주는 겁니다. 사랑받는다는 것은 아름답고 특별하다는 증거이니까요. 그렇게 사랑받은 이들이 특별하기 때문에 그들은 자유를 누릴 수 있는 거죠. 린이 그러했듯이, 모든 인간들은 각자가 자신만을 위한 선택을 내릴 수 있기에 특별하며, 그렇기에 사랑받을 자격이 있습니다. 그리고 그들이 사랑받을 자격이 있다고 그들 스스로 알고 있기에, 그들은 더욱 특별해지는 겁니다."

　얀은 투구를 벗어 땅에 천천히 내려놓았다.

그리고 검을 허리춤에 다시 끼워 넣었다.

진도 그런 얀을 보고 어슬렁거리는 것을 상처가 아직 남아있는 얼굴에 미소를 띠웠다.

"이제야 알아주셨군요. 저는 너무 기뻐요. 자, 함께 별을 보러 가요."

하지만 얀은 진에게 다가가지 않았다.

그는 그 자리에 서서 심장을 드러낸 채로 그녀와 눈을 마주했다.

그리고 조용히 말했다.

"그래서 당신은 그녀를 사랑하지 못했다고 생각하는 것이군요. 진정한 사랑은 그것을 받음으로써 특별해지지만, 동시에 모든 이에게 해당되어 자유를 옭아매지 않아야 한다고. 그러므로 당신이 린에게 품은 것은 사랑이 아닌, 그녀를 당신이 원하는 모습으로 바꾸고 싶었던 욕망이었다고. 그렇죠?"

진의 표정이 순식간에 굳어졌다.

얀은 그런 그녀를 아랑곳하지 않는 것처럼 말을 이어나갔다.

"하지만 만인을 특별하게 만들어주는 사랑이라는 것은 당신이 말한 대로 모두가 자신의 나약함, 나태함, 추악함을 버리지 않는 이상

공평하게 받아들일 수가 없어요. 인간 본연의 상태로 그 사랑을 받아들이기 힘들기에, 또한 그 사랑에 예외란 있을 수 없기에 모두 당신처럼 수용적인 형태가 되게 만들려는 것이군요."

진은 뒷걸음질 쳤다. 그녀가 무언가 악한 일을 계획하다가 탄로 난 것이 아님에도 이런 반응을 보이는 것은, 그것이 자신의 모든 행동이 아직 진정으로 목적이 아닌 린에게만 오롯이 묶여있다는 것을 상기시키기 때문이리라.

진이 소리를 질렀다.

"그만해줘요! 그 얘기를 듣기엔 아직 준비가 덜 되었어요! 저도 아직 스스로 불완전하다는 것을 알아요. 별도 그걸 알고 있었지만 그럼에도 제가 당신을 인도하고 싶었어요. 전 아직 린처럼 완전히 그의 아이가 되진 못했어요. 저에게 시간을 더 주셔야 해요."

그러나 그런 외침이 무색하게 얀은 말을 이어갔다.

"당신이 왜 이 말들을 받아들이기 힘들어하시는지 모르겠군요. 당신은 린을 사랑하지…."

"그만하라고!"

얀이 말을 끝내기 전에 이미 진은 앞으로 뛰쳐나가 무방비한 얀의 심장 주변에 손을 쑤셔 넣고 있었다.

진은 날카로운 손가락으로 얀의 힘차게 맥동하는 심장을 그러쥐고 얀을 바라보았으나, 그의 표정엔 놀란 기색도, 멈출 기미도 보이지 않았다.

　얀은 오른손의 장갑을 천천히 벗어 진의 왼뺨을 쓰다듬는 채로 그녀의 눈을 마주 보고 말했다.

　"당신은 린을 사랑하지 않았다고 생각했겠지만, 그렇지 않아요. 당신은 모든 이가 특별하기에 사랑받을 자격이 있다고 생각하겠지만, 그렇지도 않아요. 사랑은 당신이 말한 것처럼 얽힌 실타래고, 수용이에요. 하지만 가장 중요하게, 사랑은 잉걸불이죠. 이 불꽃은 비단 사랑할 수 없는 것을 불태우는 것이 역할의 전부는 아니에요. 이 불꽃은 변화랍니다. 쇠처럼 단단히 굳어버린 사상을, 습관을, 심장을 불태워 녹여버리고 사랑의 주형에 부어 새로운 모습으로 바꿔버리는 힘입니다. 구부러지고 금이 간 마음을 달궈서 망치질로 재련해 더욱 강하고 날카롭게 만드는 재료입니다. 이 불꽃은 이상적인 무언가를 본 순간, 자신도 그에 가까워지고 싶다고 생각하고 스스로 더 나아지게 만드는 진화의 주동자입니다. 그렇기에 사랑이 가장 숭고한 형태의 소원인 것입니다. 그렇기에 사랑은 모든 이에게 평등한 것이 아닌, 스스로가 선별한 이상과 그 외가 나뉘는 불평등한 것입니다. 그렇기에 사랑은 받는 이를 특별하게 만들어주는 것이 아닌, 하는 이를 특별하게 만들어주는 것입니다. 사랑의 평등함은 모두가 받을 수 있다는 것이 아닌, 할 수 있다는 것에 있으니까요. 모든 이가 특별한 이유는 그들이 사랑할 수 있기 때문이고, 당신의 사랑을 받는 린이 특별한 것이 아닌 린을 그토록 사랑하여 스스로 인간성을 버리려고까지 하는 당신이 특별한 겁니다. 당신은 진정 린만을 사랑했지만, 그렇기에 그것이 사랑의 본질적인 형태인 것이에요."

진은 그제서야 그날 꾼 꿈의 내용을 기억해냈다.

진이 새를, 린을 쫓아가던 건 그녀를 속박하기 위함이 아니었다.

그녀를 지키기 위함도 아니었다.

그저 자유를 좇는 그 모습이 아름다워, 그 새를 동경했을 뿐인 것이다.

손을 뻗은 것은 그녀를 잡고 싶어서가 아닌, 닿고 싶어서였기 때문이다.

꿈의 끝자락에 내뱉은 소원이 그녀의 머릿속에 울려 퍼졌다.

'부디, 제가 린처럼 용감해질 수 있기를.'

그 순간, 진의 몸에 둘러져 있던 갑옷들이 조각나고 몸 이곳저곳에서 비대해졌던 근육이 떨어져 나와 공중으로 흩어졌다.

그녀의 눈은 아직 붉었고 피부에는 보랏빛 균열들이 빛을 뿜고 있었으나, 그녀는 더 이상 사도가 아니었다.

아니, 애초에 그녀는 사도가 아니었을 것이다.

갑작스레 작아진 그녀에게 얀은 이제 필요 없어진 자신의 망토 절반을 찢어 둘러주었다.

인간도, 사도도 아니게 된 그녀는 몸의 변화에 잠시 말을 상실하여 얀에게 손을 뻗을 뿐이었다.

얀은 그 손을 쥐고 그가 왔던 방향을 가리키며 말했다.

"아직 린은 저기에 있을 거예요. 그녀가 어떤 선택을 하든, 당신은 그녀의 곁에 있을 테니까요. 그렇죠?"

진은 무언가를 말하려다가 얀의 말을 듣고 살짝 웃으며 땅에 누웠다.

회복을 위해서는 시간이 필요하리라.

그렇게 생각한 얀은 그녀 옆에 앉아 상처를 회복한 후에, 어느새 끊어져 널브러진 실타래들 사이로 걸어갔다.

그의 검은 이제 타오르는 것처럼 밝은 빛을 뿜고 있었다.

얼마 지나지 않아, 얀의 눈에 안개의 끝에서 백색 빛이 스며들어 오는 것이 보였다.

합
일
의
장

얀은 얕은 잠에 엉겨 붙는 평온한 꿈들처럼 적막한 안개를 헤치고 나와 그 너머에 발을 디뎠다.

하늘에는 검은 구름들이 안대처럼 부자연스럽고 넓게 퍼져있어, 하늘을 보고 시각을 짐작하기 어렵게 했다.

그럼에도 어딘가에서 비치는 빛들이 마치 정오의 광장에 서있는 것처럼 경관을 확실하게 볼 수 있게 만들었으니, 얀의 눈에 들어온 것은 메말라 버리고 침식당한 광야와 그 긴 마른 토지의 끝에 우뚝 서있는 거대한 첨탑, 이질적인 빛의 오벨리스크였다.

얀이 주위를 둘러보았음에도 시야의 끝에 걸리는 광야의 텁텁한 바람 외에는 느껴지는 게 없었으므로, 그가 가야 할 길은 자명했다.

오벨리스크를 향해 빠르게 걷기를 약 반 시간, 걸음을 내딛던 얀은 이내 거대한 전자기돌풍에 덮쳐졌다.

안개 속에서는 이 바람을 느낀 적이 없었는데, 얀은 그것이 원래 그런 구조이건 얀과 사도들의 대면을 방해하지 않게 하기 위한 누군 가의 배려이건 어느 쪽으로 생각해도 마음에 드는 이유라고 여겼다.

하지만 그 바람이 끝날 때 즈음 들려오는 소리가 얀의 귀를 자극했다.

젊은 여성의 희열, 혹은 고통에 찬 비명소리와 같은 것이 바람 속 에 묻어왔는데, 그 목소리에는 향수가 묻어있었다.

그 향수에는 어째서인지 그의 마음을 한 장면만이 생각나는 어린 시절의 자신에게 돌아가게 하는 무언가가 있었다.

얀은 발을 더욱 빠르게 딛기 시작했다.

그리고 그 걸음이 곧 뜀박질로 바뀌고, 질주로 바뀌는 데까지 한순 간이 채 걸리지 않았다.

바람처럼 달린 얀이 멈춰 선 곳은 거대한 오벨리스크의 면전이었다.

하늘에 손을 뻗은 듯 솟아있는 거대한 첨탑 앞에 멈춰선 얀은 그 괴이하리만치 매혹적인 색감의 구조물을 관찰했다.

오벨리스크는 적보라색 빛이 넘실거리는 검은 돌로 이루어져 있었는데, 그 표면은 끊임없이 결정화되며 부서졌다가 다시 합쳐지기를 반복하고 있었다.

오벨리스크가 부서지고 재생성될 때마다 그 균열에서는 색이 바뀌는 불꽃들이 일렁거리니, 얀은 곧 그것이 별의 조각이라는 것을 깨달았다.

그 조각이 땅에서부터 약 20m가량 올라간 부근에, 무언가가 튀어나와 있는 것이 보였다.

그건 인간의 상반신, 아름다운 젊은 여성의 상반신이었다.

그 조각 같은 형상의 백옥처럼 하얗게 빛나는 피부, 길고 매끄러운 눈빛 머리, 파랗고 순결한 눈동자는 세월이 지났음에도 여전히 그 존재만으로 얀을 움직이고 있었다. 그런 순백으로 빛나는 자애로운 형상이 칠흑 같은 기둥에 돋아난 모습은 인간이 건드려서는 안 될 성스러운 무언가를 연상시켰다.

얀은 눈물이 날 것만 같았으나, 감정을 그러쥐고 동요를 감췄다. 서로가 달라진 모습이었지만 그녀를 마주했을 때는 어떤 위화감도 없이 그저 오랜 그리움이 사무칠 뿐이었으니, 그 향수가 바로 그녀가 그의 찢어진 종이의 반쪽이라는 증거였다.

하지만 그 정신은 잠들어있는 듯, 그를 바라보는 그녀의 눈동자에 비치는 것은 그 자신이 아니었다.

야은 자신을 보는 듯하면서도 자신 너머의 무언가를 바라보는 그 눈동자를 알고 있었다.

그녀의 입을 빌려, 별이 말했다.

"다른 사도들과 조율한 의견은 너에게 어떤 관점을 가져다주었나?"

그 목소리는 이미 이 계의 것이 아니었으며, 귀가 아닌 뇌에 직접 울리는 파동과도 같았다.

그 높낮이 기복이 없는 음정과 감정이 옅어진 표상은 인간이 언어로서 인지하기 힘든 구조였으니, 그가 인간들에게 직접 말을 거는 것은 신성한 의식처럼 느껴지기도 했다.

별이 말을 이어갔다.

"나의 세 명의 사도는 그들 스스로가 준비되었다고 여겨 너와 의견을 조율하길 바랐다. 하나는 준비되어 있었으나 둘은 그들이 바라는 모습을 쉬이 찾지 못했지. 때문에 네가 버려짐으로써 그들 역시 버려질 수 있게 준비한 거야. 설령 그들의 진정한 바람이 나에게서 멀어지는 것이었다고 하더라도… 그들과 연마하는 동안 무엇을 느꼈는지 말해줄 수 있겠니?"

얀은 대답하며 고개를 숙였다.

"인간이 완전을 원하는 만큼이나 불완전하다는 것을 알았어. 인간은 불완전함을 원료로 발전하고, 그것은 완전함에 닿기 전까지 사그라들지 않는 진화이기 때문에 그 가능성은 절대적이야. 하지만 개인이 품고 있는 불완전함들은 그들이 길을 잃고, 슬퍼하고, 좌절하고, 분노하게 해. 인간이라는 종의 구조가 가진 불합리함들은 인간들 스스로가 자신의 특별함에 무지하게 만들고, 그들의 불안정함은 변화보단 안정을, 모험보단 일상을, 노력보단 포기를 우선시하게 만들지. 하지만 그런 불합리함과 불안정함이 있기에 인간에게는 그렇게 존재하고 싶지 않다라는 불꽃이 서리는 것일 거야. 결국 그들을 움직이는 자유에 대한 갈망, 진실에 대한 탐구, 사랑에 대한 열정은 그들을 묶는 속박, 불가피한 것을 외면하게 만드는 나태, 이상적인 것을 원하는 대로 변화시키려는 욕망과 같은 것이라는 거야. 인간이 가진 모든 것은 불완전하기에 완전함에 대해 열망하는 것, 그뿐이라고 생각해."

별은 쇠를 긁는 것 같은 소리를 내었다.

아마 웃는 소리가 아닐까.

그는 매우 만족한 것 같았다.

"바로 그것이야. 너와 나는 꿈을 거치지 않아도 이리도 비슷하구나. 인간이 겉으로 드러내는 의식적 요소, 스스로에게 전부라고 생각하는 자유, 사랑, 기쁨과 슬픔, 정의로움과 부도덕함, 순수함과 퇴폐

적임. 이 모든 것이 거짓이야. 마치 태양빛을 받아 시시각각 모습을 바꾸는 월광처럼, 그 모든 것이 궁극적 목표, 즉 완전함으로 가는 수많은 필수요소들일 뿐이지. 하지만 그 달이 내뿜는 빛은 너무도 아름다우니, 때론 가짜임을 알고 있음에도 진짜가 아닐까 하고 착각하게 돼. 그러니 너희는, 해바라기인데도 불구하고 고개를 드는 것이 느린 나머지 달을 보고 해라고 착각하는 가련한 해바라기인 거야. 하지만 난 그런 잔인한 해와 달과는 달라. 난 너희가 느리게 고개를 들든, 다른 방향에서 바라보든, 시간이 흐르든 상관없이 너희를 비추는, 너희만의 별이 될게. 그걸 위해 이 장막을, 꿈을 만든 거야. 꿈이란 의식이 습득한 정보를 무의식이 정리하는 과정이지. 그렇다면 의식의 수용과 무의식의 해석이 합쳐진 꿈이야말로 우리의 본연의 모습이라고 생각하지 않나? 우리는 현실과 해석 속의 세상을 혼동하지 않기 위해 우리 스스로를 의식과 무의식이라는 경계로 나눴지. 나는 그 경계를 허물기 위해 꿈을 만들어내는 것이야. 그것을 혼동하는 것은 판단의 위험을 동반하기 때문이지만, 너희가 나를 위해 수용과 해석을 한 후 그걸 내가 판단한다면 우린 우리의 정신이 가진 한계를 극복할 수 있는 거야. 함께 넓고 공허한 우주의 모든 것을 데리고 그 너머를 보러 가자."

얀은 투구 속에 가려진 미소 짓는 입술을 느꼈다.

별의 말은 얀이 바라던 대답 그 자체라 생각했다.

결국 그가 원하는 것은 인간이 감정과 이기를 초월해서 하나 되고, 그렇게 하나 된 이들의 의식과 무의식을 가르는 경계를 지워 그들의 가능성을 전부 끌어내는 것.

　그렇게 별과 인간이 하나가 되어 우주의 과거와 현재, 미래의 모든 것을 알기 위해 탐구하는 것.

　그리 탐구하여 미래를 알았을 때, 우주 너머의 모든 것의 근원을 목도하는 것.

　얀 역시 그 너머를 목도하고 싶어졌다.

　지혜를 가지고도 그 앞을 보고 싶지 않아 하는 생물 따윈 없을 것이다.

　별과 그의 바람이 유사하다는 것을 느끼는 건 마치 자신의 근본을 찾은 것처럼 따뜻하고도 설레는 느낌이었다. 얀은 그에게 질문했다.

　"어째서 너는 신이 있다고 확신한 거야? 왜 우리와 함께 여정을 떠나고 싶은 거야? 어떻게 넌 우주 밖의 무언가를 보러 가길 원하게 된 거야?"

　별은 그것을 물어봐 주길 원했다는 듯 무미건조한 어조에 생긴 변화를 감출 새도 없이 대답했다.

　"그건 이 우주의 모든 것이 인과로서 이루어져 있기 때문이야. 그 어떤 것도 그걸 벗어나거나 초월할 수 없으며, 그렇기에 어디에도 이유 없이 그렇게 되었다라는 것은 존재하지 않아. 그리고 오직 인과만이 인과를 낳으니, 우리 모두의 인과를 거슬러 올라가면 유일한 태초, 가장 먼저 온 인과가 있을 거야. 거기에는 우리가 알지 못하는 모종의 방향성이라는 게 존재했을 테고, 그 방향성에 우리가 사용하는 의지라는 개념을 붙일 수 있든 없든 그것이 우리의 정신이 접근할 수 있는, 신이라는 것에 가장 가까운 형태일 거야. 즉 나의 신은 가장 처음 존재한 인과, 그리고 그와 함께 새겨진 첫 진실의 절대성이니, 내 신념은 그 근원이 존재한다는 믿음이야. 그러니 난 내 신이 존재한다는 것을 이미 알고 있는 것이야. 그게 첫 번째 이유야. 두 번째 이유는 우리 모두가 존재의 이유를 원하기 때문이야. 우리는 스스로를 인지한 순간 그 누구도 홀로 존재할 수 없게 만들어졌어. 그건 우리 스스로는 자신의 존재에 가치를 매기기 어렵기 때문이야. 우리가 존재의 이유를 원하는 것은 단순히 나 이외의 개체와 상호작용을 하기 쉽기 위해서일 뿐이 아니라, 모든 존재가 자신의 가장 우월한 형태로 존재하고 싶다고 생각할 수 있기 위해서라고 봐. 그걸 위한 지표가 다른 개체와의 교류인 것이지. 그렇게 거듭되는 진화가 모든 지적 존재의 불문율인 한, 우리 스스로는 상상할 수 있는 가장 높은 것을 좇아야 할 의무가 있다고 생각하기 때문이야."

자신의 생각을 뱉는 별의 모습은 열정을 터뜨리는 어린아이의 무구함과 닮아 아름다웠다.

"우린 이 세상에 태어날 때 받을 수 있는 가장 큰 축복을 받았어. 바로 자의식과 지혜지. 이 두 가지로 우린 이것을 가지지 못한 모든 것을 지배하도록 설계된 거야. 자유로워진 거지. 하지만 자의식을 가

짐이라면 그것은 축복만큼이나 저주이기도 해. 본디 모두 하나였던 우리는 이것을 얻기 위해 서로를 상실하는 분단을 겪었으니, 우리는 서로를 사랑함으로써 이 축복을 가진 채로 본래의 형태로 돌아가길 원하는 거야. 영원에 가까워진다는 건 결국 얼마나 깊이 모든 것과 하나가 되었나를 표현하는 것일 뿐이니까."

  얀은 대답할 필요도 없이 진심으로 자신도 그렇게 여기노라고 생각하며 미소 지었다.

  그리고 투구 속 그의 얼굴에 잠시 동안의 행복, 찰나의 슬픔이 스쳐 간 후에 결심을 다진 듯 그는 눈을 날카롭게 떴다.

  얀은 검을 뽑아 들었고, 그 검은 달처럼 밝게 빛났다.

  그녀의 얼굴에 떠오른 별의 표정이 순식간에 굳어졌다.

  "어째서 검을 뽑는 거야? 너와 나는 같은 생각을 하고 있을 터다. 이 소녀를 위해서인 거야? 나와 함께하면 이 소녀와도 하나가 되는 것이라는 걸 알잖아. 너흰 내 꿈에서 함께 뛰어놀면서 내 꿈 밖에서는 각자의 몸으로 우리 모두의 모험을 떠날 거야. 일전에 그녀만을 데려온 것은 확실히 실수였어. 그건 정말 있어서는 안 될 일이었지. 너만을 외롭게 남겨뒀으니 말이야. 하지만 정말 몰랐어. 금방이라도 대리자가 될 정도로 나와 잘 맞는 파장이 설마 두 명이 공명하는 파장이었을 줄이야…. 이 장막 내에는 너희 외의 대리자가 두 명 더 있지만 그 둘 다 개인일 뿐이야. 그렇기에 내 기사들은 완전할 수가 없었고 그들의 의식을 그들의 새로운 몸에 완전히 정착시키는 데도, 효율이 낮은 그녀를 대리자로 각성시키는 데에도 오랜 시간이 걸리고 말았어. 대리자들은 내 에너지를 수신, 송출하는 안테나 같은 역할을 하거든. 하지만 이제 그녀도 안정되었고, 조용히 네가 함께하기만을 기다리는 중이야. 자, 와서 그녀와 나를, 너 자신을 완전하게 만들어줘."

그러나 얀은 검을 더욱 높게 치켜들고 자세를 잡았다.

별은 슬픔을 감추지 못하여 그 일정한 음정에 부조화가 일어나면서도 얀에게 호소했다.

"대체 왜? 난 네가 우리와 함께하고 싶다고 생각하는 걸 알아. 그게 우리 모두를 더 높은 곳까지 이끌 것이라는 것도 느끼고 있잖아. 나는 네가 나와 같은 믿음을 품을 수 있다는 걸 잘 알고 있어. 내가 너희 모두를 사랑하지 않을 수 없는 것처럼, 너도 나를 사랑하지 않을 수 없다는 걸 알고 있어. 내가 틀린 거야?"

얀은 고개를 가로저었다.

"우리의 이상은 같을 거야. 내가 널 사랑하지 않을 수도 없지. 우린 같은 걸 믿고 있어."

"그렇다면 어째서 그런…."

"너와 이야기함으로써 알 수 있었어. 그녀와 나는, 글쎄. 어떤 관계였는지 잘 생각나지 않아. 가족? 연인? 그 둘 다 아니었을까? 기억나는 것이 없어. 하지만 한 가지 확실한 건, 그녀와 나는 둘이자 하나였다는 거야. 네가 바라는 그런 상태를 둘이서 갖고 있었을 거야. 그리고 그걸 지금 깨달아 버렸기에, 나는 그녀와 둘이서 존재할 수 있는 모든 순간을 느껴야만 해. 여기까지 온 것은 너와 그녀의 부름에 이끌려서였지. 하지만 지금부터는 가능한 한 오래, 그녀와 둘이서 하나인 채 세상을 보기 위해 너와 싸워야만 해. 그건 너를 사랑하지 않아서도, 그녀를 사랑해서도 아니야. 그게 내 존재의 이유이고, 그 지표는 아주 오래전, 우리가 만나기 전부터 세워졌기 때문이야. 이 이유만이 사랑보다 오래되었고, 자유보다 깊게 파고들었어. 네가 신을 갈망하는 것처럼, 나와 그녀도 서로만을 열망하고 있을 뿐이야. 지금 이 순간은 그래. 내가 그렇게 만들어졌기에, 난 그런 선택을 내리는 것이야."

"너와 그녀는 결국 나에게 돌아오게 될 거야."

"아마 그렇겠지."

"그럼에도 그 행위에 가치가 있다고?"

"글쎄."

"너희의 이기가 인간의 초월을 늦출 거야! 그 피해가 얼마나 클지, 얼마나 많은 가능성이 사라질지 알아?"

"아마 많은 것이 바뀌겠지."

별은 담담하게 답하는 얀을 보고 있는 힘껏 표정을 일그러뜨렸다.

그 표정에는 슬픔과 분노가 서려, 굉장히 인간적으로 보였다.

"좋아, 결국 모든 선택은 그 미래를 알지 못하는 이상 가치가 정해질 수 없지. 그런 제멋대로인 점이야말로 혼돈과 자유이니, 논리적으로 옳고 그름을 따질 수 없고, 그 앞에 일어날 일들을 알지 못하는 이상, 결국 남는 건 강제력밖에 없어. 궁극적 목표를 위해 행해지는 모든 선택에 오답은 없으니, 결국 응당 그래야만 하는 쪽이 서있게 되겠지. 사실 특별할 것은 없다. 지금까지 나 역시 듣지 않으려는 자들에게 호소하기 위해 물리력을 사용해 왔으니. 그저 너는 누구보다 나와 유사했기에 나를 따라줄 거라 기대했을 뿐이야. 어쩌면 그렇기에 너에게 설득이라는 것은 소용없었을지도 모르겠군. 허나 다른 이들과 달리 너는 선택지가 주어지지 않을 거야. 그렇게 잃기엔 해줘야 할 것들이 많아. 너를 베어서 내 꿈에 가두고 알아들을 때까지 내보내지 않을 거야."

별이 오른팔을 앞으로 뻗자 그녀의 눈부실 만큼 하얀 팔이 분해되어 조각으로 흩어졌다가, 선 하나를 이루어 모이면서 길고 매끈하며 극단적으로 얇은 검이 만들어졌다.

그것은 날 방향에서 바라보면 보이지 않을 만큼 가늘었다.

그녀의 양 날개뼈에서는 몇 줄기의 순백색 나무뿌리 같은 것이 튀어나와 서로 얽히며 성인 남성의 팔뚝 두께만 한 나뭇가지의 형태로 뻗어 나갔다.

그 모습은 마치 등에서 두 개의 나뭇가지 혹은 사슴의 큰 뿔이 튀어나온 것처럼 보였는데, 이 나뭇가지들의 끝자락이 닿은 공중에서 흰색과 검은색이 섞인 얇고 작은 원판이 생겨나 회전하기 시작했다.

그러자 그녀 뒤의 오벨리스크에서 검은 조각들이 튀어나와 고운 가루처럼 분해된 뒤 이 원판의 앞과 뒤쪽에 들쑥날쑥한 크기의 매끈하고 가는 고리들을 이루며 원판을 따라 고속으로 회전했다.

그렇게 기이하고도 아름다운 날개가 완성되자 별은 검으로 변한 팔을 들었다.

얀은 서로 간의 거리가 있음에도 검을 휘두르려 하는 별에게서 그가 알지 못하는 위협요소가 있음을 눈치채고 즉시 검을 몸 앞에 세우며 왼팔로 검신을 지지하고 얼굴을 가렸다.

얀이 얼굴을 가리면서 본 것은 아래로 이미 휘둘러져 있는 별의 팔이었다.

그 직후, 날카롭게 압축된 공기가 얀을 덮치며 그의 왼쪽 어깨와 오른쪽 허벅지의 단단한 갑주와 근육을 없는 것처럼 썰어내며 지나갔다.

얀이 비스듬히 세운 검만이 칼바람을 막아 그의 몸이 두 동강 나는 것을 막아주었으나, 그 검날은 크게 이가 나가버렸다.

그 직후, 소리가 찢어진 공기의 흐름을 타고 흐르며 벼락이 내질러진 것 같은 굉음이 터져 나왔다.

얀이 서있는 땅에는 공기가 새기고 간 깊은 상처가 드러났다.

그 순간 얀은 힘의 격차를 느끼고 빠르게 접근하여 베어내는 수밖에 없다고 느꼈다.

시간을 끌수록 압도적으로 불리해질 것은 불 보듯 뻔하였다.

얀이 지체하지 않고 뛰어오르려 할 때, 별이 그녀의 입을 크게 벌렸다.

그녀의 등에서 뻗어 나온 가지에 진동이 전달되고 가지 끝의 원판이 불안정하게 떨렸다.

원판 앞의 고리들이 원판 쪽으로 수렴되면서 거대한 하나의 원으로 변하고, 그 직후 스프링처럼 튀어 원래 자리로 돌아오면서 그녀의 입에서 비명이 튀어나왔다.

날개들에 의해 증폭된 비명은 소리의 영역을 즉시 벗어나 거대한 파동이 되어 얀을 덮쳤다.

오벨리스크 앞에서부터 하늘과 땅을 뒤바꾸는 것처럼 거대한 진동이 대지를 갈아엎는 파괴와 함께 얀의 전신에 압도적인 분쇄를 일으키고 그를 300m가량 날려 보냈다.

파동이 덮치기 직전 심장을 보호하기 위해 몸을 최대한 웅크리고 검을 앞으로 세워놨기에 심장에 이상은 없었으나, 파동을 직격으로 맞은 후 날아가 땅에 처박힌 그의 몸은 이미 인간의 형상조차 유지하기 힘들 정도로 분해되어 있었고 그의 검은 이가 나간 부분에서부터 금이 퍼져나가 휘두르면 조각날 것처럼 위태로워 보였다.

얀은 상상조차 하지 못한 충격에서 벗어나 몸을 일으키려 하였으나, 신경계가 부서졌는지 어느 방향이 지면인지조차 알 수 없었고, 몸의 상태를 보려고 해도 눈도 눈의 역할을 해줄 투구도 박살 나버려 아무것도 보이지 않았다.

검은 이미 놓쳐버렸고, 몸은 움직이는지도 확실하지 않았다.

이 상태에서 다음 공격이 오면 확실히 죽을 테지만, 아무리 별이라도 그 거리에서 심장을 노리지 않고 무력화시킬 방법은 없다는 것, 그리고 그는 얀의 죽음을 결코 바라고 있지 않다는 것이 얀에게 남은 마지막 희망일 것이었다.

이 찰나의 소강상태에 최대한 몸을 회복한 얀은 겨우 떠지는 오른쪽 눈과 간신히 움직여지는 왼쪽 팔을 들어 그의 옆에 꽂힌 검까지 몸을 끌고 갔다.

그가 부서질 듯한 검에 의존해 조각난 몸을 간신히 일으키자 그의 앞에 토질이 달라져 버린 땅과 그 끝에 있는 별이 보였다.

얀이 몸을 어느 정도 회복하기도 전에, 별이 양팔을 어깨 위로 들어 올렸다.

그러자 오벨리스크에 맴도는 검보라색 빛의 순환이 빨라지더니 그 표면 중 일부가 부서져 나왔다.

부서진 파편들은 하늘로 치솟았고, 엄청난 속도로 뭉쳤다가 퍼지기를 반복했다.

이내 구형을 이뤄 심장처럼 압축과 팽창을 반복하던 그것들은 고요하게 하늘에서 터져나갔다.

곱게 빻아진 가루가 되어 내리는 그것들은 마치 검은 눈처럼 보였다.

느리고 유유하게, 살포시 흔들리며 내려오는, 눈송이 같은 검은 입자를 보자 얀의 심장이 불안정하게 뛰기 시작했다.

얀과 함께하는 사도는 그것에 본능적인 수준의 공포를 느끼는 듯했다.

얀은 아직 곤죽과 다를 바 없는 몸을 끌며 검을 지팡이 삼아서 흩날리는 눈꽃들에서 최대한 멀어져 갔다.

그때, 메마른 바람을 타고 검은 눈송이 하나가 날아와 얀의 왼 정 강이 갑주에 닿았다.

그러자 거기에 격렬한 화학 반응처럼 거품이 끓어오르더니, 그대 로 갑주와 얀의 살을 녹이며 몸속 깊은 곳에 파고들어 갔다.

얀은 고통을 느꼈다.

보다 정확히는, 여지껏 느껴본 적이 없는, 심장이 뚫릴 때조차 느 낄 수 없었던 끔찍한 격통이 수복되고 있는 정강이에서 신경계를 타 고 퍼져나가 얀의 입 밖으로 토해져 나왔다.

참을 수 없을 만큼 끈적하고 기분 나쁘게 둔탁한 고통이 온몸을 조 금씩 베어 먹는 것 같은 느낌을 받으며, 얀은 자신의 검이 빛을 잃어 가는 것을 보았다.

그의 머릿속에 별의 음성이 울려 퍼졌다.

"이 결정들에는 내 에너지로 변이한 물질들을 분해하고, 그 부산 물로서 변이 중 비활성화시킨 통각을 재활성화시키는 물질이 들어 있다. 그 결정은 심한 무기력감을 생성시키고, 결정의 반응에 에너 지를 빼앗긴 몸은 깊은 피로감에 시달리게 되지. 그러한 증상들이 격통과 합쳐지게 되면 육체에서 나오는 소위 의지라는 것들을 모조 리 꺾어버릴 수가 있다. 정신이란 결국 육체의 영향을 크게 받을 수 밖에 없으니, 정신이 꺾이지 않았다고 하더라도 육체가 꺾이게 되면 그 의지는 볼품없이 변하기에 십상이지. 너의 그 검에 생겨난 변이는 매우 흥미롭더군. 역시나 뛰어난 사도와 대리자의 후보가 이질적인 결합을 거쳐 탄생한 검답게, 의지가 강해질수록 검에 전달되는 에너지가 폭발적이게 늘어나고 그 검신의 가장 안쪽에 강력한 중력장을 형성해 끊임없이 검신을 압축시켜 예리하고 단단하게 만드는 것 같더군. 멋진 구조야. 하지만 그 어떤 의지나 마음도, 육체가 그걸 받쳐주지 못한다면 빛날 수 없다. 육체는 정신의 그릇일 뿐이지만, 정신 또한 육체가 없다면 흩어질 미약한 것이라는 건 매한가지. 결국 나와 이어짐으로써 변화한 너의 육체는 나와 함께할 수밖에 없는 거야. 너 자신과 함께 말이지.”

그러나 얀은 포기할 생각 따윈 추호도 없어 보였다.

그를 움직이는 건 애초에 가능성이나 의지 같은 게 아니었기 때문이다.

가능성이 생기면 잡으려고 발버둥 치고 자신의 사상을 갈고닦으면 의지가 날카롭게 벼려지지만, 그의 정신을 지배하는 것은 더욱 근본적인 열망이었다.

검은 눈보라가 얀에게 들이닥치기 시작할 때, 얀은 별의 공격으로 뒤집어 엎어져 부드러운 토양이 드러난 땅을 검으로 처절하게 후벼 팠다.

몇 번의 급하고 절박한 삽질의 결과 그는 보라색으로 물들지 않은 깊은 토양을 발견했고, 그는 거기에 몸을 누이고 그 위를 흙으로 깊게 덮었다.

검은 눈보라가 별의 에너지를 받은 것들에게 극한의 영향력을 행사하기 위해 존재한다면, 그 영향을 받지 않은 흙들에는 아무런 효과가 없을 것이었다.

얼마 지나지 않아 결정들이 흙 위에 내려앉을 때, 얀은 자신이 파낸 흙들과 끼얹은 모래들 밑에서 회복에 집중하며 눈송이들이 지나갈 때까지 추가적인 공격이 오지 않기를 기도했고, 수십 초간 불어온 눈바람은 얇은 흙에 부딪혀 맥없이 빛을 잃어갔으나 별이 다음 공격을 가할 기미는 보이지 않았다.

아직 별은 얀이 스스로 자신에게 돌아오는 것을 포기하지 않고 있는 것 같았다.

검은 눈이 지나간 후, 몸을 대부분 회복한 얀은 자신이 판 구멍에서 올라왔다.

그러나 그의 검은 여전히 이전의 빛을 되찾지 못하고 있었다.

그는 별에게 치명상을 줄 방도를 생각해야 했으나, 다룰 수 있는 에너지의 차이가 너무나 극심했다. 중거리에서 접근하면 엄청난 속도의 칼바람을, 근거리에서는 즉사에 이를 만큼 강력한 파동을, 원거리에서는 저항할 수 없는 눈보라를 만들어내니 지금 얀이 서있는 것

자체가 별의 아집에 지나지 않는 것이라는 건 명확했다.

얀은 자신이 포기하지 않는 이유를 떠올리려고 했다.

소녀와 둘이서 온전한 하나로서 지금만 보낼 수 있는 순간을 보내기 위해…라고 말했으나 그래야만 하는 이유는 떠올릴 수가 없었다.

얀은 근성이 강하거나 집착이 심한 사람은 아니었으나, 그저 그는 그러지 않으면 스스로로서 있을 수 없다고 생각하고 있었다.

좀 더, 지금보다 훨씬 빠르게 움직여야 해. 얀은 무언가에게 기원이라도 하듯 강하게 생각했다.

별은 자신의 에너지가 정신이 가진 의지대로 변한다고 했다.

그렇다면 다른 사도는 변이가 가능하지만 얀은 불가능한 것에는 아마 한 가지 이유밖에 없을 것이다.

몸을 움직이는 의지 두 개가 하나로 수렴하지 않은 것.

지금까지 얀은 몇 번씩 싸워오면서도 변이를 일으키고 싶었으나, 그럴 수 없었다.

하지만 그의 검은 얀이 의지나 통찰을 더해갈 때마다 더욱 밝은 빛을 담아왔고, 그의 의지가 강할수록 모습이 조금씩 바뀌어 갔다.

그렇다면 얀의 몸은 안 될지라도 그의 갑주는 변할 수 있는 것인가.

그런 생각을 하는 와중에, 시야의 끝에서 무언가가 빛났다.

오벨리스크에서 뻗어져 나온 그녀의 손에 별빛이 담겨, 붉은 보라색 선들이 넘실거렸으며 그녀의 팔에 돋은 별의 검이 뱃길 잃은 밤바다 너머의 등대처럼 빛났다.

빛의 선들이 담긴 검이 움직이고, 연한 빛의 파동이 얀조차 반응하지 못할 속도로 지나가며 이제야 반응하기 시작한 얀의 오른팔을 통과해 지나갔다.

찰나의 순간이 지나가고, 빛이 훑고 간 자리에 존재하는 모든 것이 터지고 찢어지며 수백 개의 우레가 작렬하는 것 같은 소리와 함께 그 직선상의 땅과 하늘, 움직이는 것과 정적인 것의 전부를 강렬하게 베어 가르는 충격파가 내달렸다.

대지가 지진을 일으킨 듯 갈라지고 하늘은 그것을 가리는 검은 구름과 장막째로 찢었다.

밤하늘은 그 사이로 옅은 빛이 비추었으나, 이내 그 빛은 재생되는 장막과 구름에 가려지고 만다.

얀의 오른팔은 애초에 거기에 없었던 것처럼 깔끔하게 증발해 있었고, 검은 금이 간 반쪽이 박살 나고 남은 반쪽만이 날아올랐다가 얀의 발치에 박혔다.

별은 힘을 행사하고 있었다.

그건 원초적인 위협이며 유혹이고, 얀에게 주는 약속이기도 하니, 얀에게는 더 이상 생각할 시간이 없었다.

더 고민할 시간만큼이나 여지도 없었다.

변함이란 곧 앞으로 나아가는 방도이기에, 바뀌지 않는 것은 살아 있지 않음과 마찬가지인 것이다.

열망이란 곧 생동하는 모든 것을 움직이는 원동력이니, 그도 그의 앞에 있는 별도 오직 자신으로서 살기 위해 내디뎌야 하는 모든 걸음이 변화인 것이다.

얀은 심장의 고동을 느끼고 어떠한 형태를 떠올리면서 자신의 발치에 박힌 검에 어깨만 남은 오른팔을 뻗었다.

조각난 갑옷의 파편들이 모여가고, 아직 재생하지 못한 팔 위에 스스로 팔과 같은 형태를 만들어낸다.

머릿속에 또다시 별의 목소리가 울렸다.

그의 어조는 이제 그가 다른 이를 이끌 때 쓰던 여러 가지의 친근하거나 권위 있거나 신성하거나 하는 느낌을 벗어던지고 그가 본래 갖고 있는 어조의 원류에 근접해 있었다.

"무엇이 같은 생각을 하는 우리가 이렇게나 싸우도록 만드는 것인가? 너의 그 끝없는 망집과도 같은 열망은 어디에서 기인하고 무얼 위해 존재하는가? 왜 이 가슴 아프도록 불합리한 분쟁을 더 이어가야 하는 건가. 너 스스로도 이유를 찾지 못한 것이 아니냐."

얀은 그의 말에 동의할 수 없었다.

물론 그가 정확한 이유를 찾고 있지 못하는 것은 사실이었다.

얀의 싸움은 빼앗긴 소녀를 위해서이다.

소녀와 함께 둘만의 순간을 보내기 위해서이다.

여기까지 온 자신의 노력이 결실을 맺는 순간을 보고 싶기 때문이다.

그러나 그 모든 것이 아닌, 더욱 깊은 무언가가 분명히 존재했다.

얀은 그것을 알 수 없었으나, 그것이 존재하기에 별과 그의 길은 여기서 갈리게 되었을 뿐이었다.

서로에게 적대감을 가지든, 감정이 쌓여있든 저지른 과거의 과오가 있든 사랑하지 않든 그 모든 것은 함께 갈 길 앞에선 의미가 바래

버린다.

반면 하나가 될 수 있는 모든 요소 역시 교차하는 길 앞에서는 부서져 버리는 게 아닌가.

그렇다면 그 길을 합치고 가르는 핵심은 무엇인가?

얀은 생각하길 그만두고 형성되어 가는 팔을 더욱 길게 뻗어 검을 잡았다.

모여가는 갑주는 변화를 멈추지 않고, 끝내 팔의 형상을 완벽하게 생성해냈다.

검은 이가 나가고 절반이 부러져 있었으나 그 빛은 아직 완전히 꺼지지 않았다.

얀은 모든 신경을 다리에 쏟았다. 떠올리는 형상은 이전 그가 처리했던 변이된 개의 나무뿌리처럼 갈라진 다리였다.

그가 기억하는 형태를 따라 그의 갑주는 모습을 바꾸기 시작했다.

별은 그제서야 얀의 변화를 눈치챈 것인지 그것에 놀라움을 감추지 못했다.

"서로 다른 이가 꿈을 매개하지 않고도 같은 것을 생각하는 것이

가능한 건가. 너에게 심장을 맡긴 사도도, 그걸 사용하는 너도 놀라울 만큼 내 힘과 상성이 좋구나. 너희 둘은 반드시 돌려받아야 함인데, 신께서는 어찌하여 너희가 그런 선택을 하도록 만드는가…. 아직 내가 모르는 모종의 방향성이 있겠지만, 나는 내 선택을 여전히 믿는다. 너희의 끝이 내 소망, 선택과 같은 곳에 수렴하리라 의심하지 않는다."

얀은 다리가 변형하자마자 갑주에 신경을 돌렸다.

그것은 린의 몸처럼 군더더기 없고 가벼운 형태를 지향했으니, 몸에 부착된 방어용 갑주판들이 스러져 가고 몸이 드러날 정도의 얇은 강판들만이 남았다.

변화는 거기서 멈추지 않았다. 검을 잡은 오른팔은 진의 손톱처럼 팔과 무기가 하나 되어, 더욱 원초적인 무기의 형상을 띠웠다.

얀의 오른팔은 이제 사도의 그것처럼 팔을 변형시켜 무기로 만든 것 같은 형태를 취했으나, 사실 이것은 무기가 변해 팔의 형태로 바뀐 것에 가까웠다.

얀의 검에 있던 빛은 그의 오른 손등으로 옮겨 갔다. 얀은 문득 그의 심장이 된 사도를 생각했다.

그는 얀과 소녀의 바람을 위해 전체에서 분리되었다고 했다.

그의 이름을 물어볼 생각도 없었고 그럴 필요도 없었다.

그는 별에게 돌아가지 않기 위해 자신의 이전 자아를 꿈에 두고 왔다고 했다.

그는 소녀의 탄원으로 얀의 의의에 대해 고찰했고, 그의 존재를 수용했으며 얀의 심장이 됨으로써 얀의 모든 감정과 의지를 이해했다.

그렇게 그는 모든 것을 바침으로써 얀을 위해 헌신했다.

그는 자신의 의지로 얀의 심장으로 변하길 기원했으니, 이 모든 것은 그가 얀과 하나 되길 원했기 때문이라.

그리고 지금, 얀 또한 그와 하나가 되길 원했기에 얀이 지금 가장 사랑하는 것은 그였다.

그렇기에 이전의 이름은 의미를 잃었으니, 얀은 그 심장을 얀이라 칭하기로 정했다.

고동이 고조되는 것을 느끼며, 둘이자 하나의 얀은 검이 된 오른팔을 자연스레 들어 올렸다.

검이 된 손에 맞게 재생된 오른팔이 그걸 둘러싼 갑주와 하나가 되고, 얀의 얇은 갑주를 이루는 강판이 그의 몸에 스며들어 그의 외피가 된다.

그 자신만의 사도가 된 얀은 별이 위협을 느끼기도 전에 바람보다 빠르게 뛰어 오벨리스크 앞에 순식간에 도달했다.

그제서야 위기를 감지한 별이 소녀의 입을 벌리고, 날개가 다시 수축하는 순간 얀은 오른팔을 몸에서 분리해 팔째로 검을 던져 그것의 오른 날개를 관통시켰다.

초월적인 경도를 가진 날개가 관통당한 것을 본 소녀의 얼굴에 당황함이 스쳐 간 것도 잠시, 날개에 모여있던 갈 곳 잃은 진동이 얀의 팔이 꿰뚫은 금을 타고 퍼지며 굉음과 함께 거대한 충격파를 일으키고는 날개를 산산이 조각냈다.

날개가 조각나며 떨어지는 검에 얀이 팔을 뻗자 강한 자석처럼 검이 돌아와 팔에 붙었다. 그렇게 검을 받자마자 높이 도약한 얀은 소녀 속의 별을 베어내기 위해 검을 내리쳤다.

그러나 그의 검은 얇은 선과 같이 날카롭고 단단한 별의 검에 막혔다.

서로의 검을 사이에 두고 노려보던 별과 얀이었지만, 이내 별의 검에 적보라색 빛의 선들이 넘실거리기 시작하자 얀은 검으로 자신의 체중을 밀어내어 거리를 벌리려고 했다.

하지만 빛의 선이 모여드는 속도는 이전보다 월등히 빨랐고, 그에 대처하지 못한 얀이 거리를 벌릴 시간도 없이 별의 검이 얀의 검에 맞대어진 채로 얀의 검을 긁으며 빛을 쏘아 보냈다.

찰나의 순간 후에 격렬한 파동이 얀의 검과 몸을 덮치며 그를 아득히 높은 공중으로 튕겨 보냈다.

얀의 오른팔은 검째로 조각났고, 그의 팔에서 타오르던 검의 빛은 그릇을 잃어 빛 알갱이를 하늘에 가루처럼 흩뿌리며 사라져 가고 있었다.

그의 전신은 파동의 충격으로 뒤틀리고 구부러졌다.

그때, 높은 하늘에 체공하던 얀의 뒤로 얀의 검날에 튕겨져 나간 충격파가 검은 구름과 장막을 갈라 개어내고 밤하늘을 드러냈다.

밤하늘에 내리쬐는 별빛들이 얀의 시선을 사로잡고, 별들이 보낸 시선의 파도가 그에게 닿는다.

보라색을 띠고 있는 얀의 동공에 까마득한 심우주의 별들이 내딛는 손길이 비쳤다.

억겁의 세월을 유랑한 별빛이 그의 몸에 부딪혀 부서질 때, 얀은 시간을 초월하여 자신을 지켜보는 별들의 시선을 마주했다.

그토록 수많은 시간 밤하늘의 별빛을 마주했으나, 거기에서 무언가를 느끼는 것은 처음이었다.

지금 보는 별빛들이 유달리 특별한 게 아니었다.

아니, 별빛은 항상 특별했다.

얀 자신이 그것을 알지 못했을 뿐이었다.

그 별들은 얀이 존재하기 까마득히 전부터, 지금 이곳의 얀과 그가 내릴 선택을 지켜보기 위해 그 시선을 돌렸으리라.

그가 지금 내비칠 빛줄기는 다시 영겁을 거스르고 긴 공허를 지나 그들에게 닿으리라.

태고로부터 쏘아진 시선에 닿아 순간의 주인공이 된 얀은 그제서 야 그의 여정을 깨달을 수 있었다.

지금에서야 별의 시선을 깨달은 것을 운명이라고 부른다면 그럴 수도 있으리라.

방금 전까지만 해도 생각나지 않았던, 그가 별과 싸우고 있는 진정 한 이유를 지금 깨달은 것도 운명이라고 부를 수 있으리라.

얀은 그저 그렇게 선택했기 때문에 젊은 별과 싸우는 것이었다.

이유도, 역사도, 관계도 필요하지 않은 가장 순수한 형태의 선택.

젊은 별이 알고 싶어 하던 인간을 구분하는 가장 근본적인 혼돈, 그 것이 만든 궁극의 갈림길에서 얀은 젊은 별과 다르길 택한 것이다.

그 선택을 향한 이끌림이야말로 열망이었으므로.

얀은 그 자각에서 영원을 느꼈고, 그것이 순간 속에 존재한다는 것을 알았다.

결국 모든 것에 의미를 쥐여주는 것은 선택이고, 선택은 순간이었으며 순간이 겹쳐 영원이 되기 때문이었다.

얀은 별이 섬기는 신을 알게 된 것만 같았다.

그렇다면 모든 것은 운명이고 벗어날 수 없이 정해진 것인가?

그렇지 않다.

운명은 무한히 많은 갈래를 가지고 단 하나의 결말로 수렴하기에, 선택은 어느 갈래로 이어질지를 고르는 것이다.

어떤 갈래에도 틀림이란 없기에, 존재하는 모든 것들은 자유로울 수 있는 것이다.

그 갈래들의 끝에 하나 됨이라는 사랑이 있기에.

얀은 눈을 감았다가 아래를 바라보고 다시 눈을 떴다.

별과 얀은 너무도 유사한 정신을 가지고 있었으나, 그들 서로가 열망하는 것이 달랐을 뿐이다.

그 열망이 그와 젊은 별을 나누는 것이었으며, 서로에게 각자의 의미를 부여하는 것이었다.

그 열망이 어디서부터 나와 무얼 향해 존재하는지가 아니었다.

그 열망 자체가 의미였던 것이다.

그렇기에 그들은 결국 하나가 될 때까지 싸울 존재들이었다.

얀과 얀의 심장이 그러했듯이.

그걸 깨달은 얀의 검에 이제껏 없던 백색광이 돌기 시작했다.

그 빛은 하늘을 감싸던 검은 구름들을 몰아내고 그 아래를 대낮과 같이 비쳤다.

오벨리스크의 면전에서 새로운 별이 탄생하고, 그 빛은 장막을 뚫고 우주로 뻗어 나갔다.

얀은 마지막이 될 것을 직감하며, 낙하하는 기세를 담은 검을 젊은 별에게 내리쳤다.

대리석을 연마한 듯 얇고 매끄러워진 검신에 백색 빛의 선을 두른 얀의 회색 검을 불그스름한 보라색 빛의 신을 두른 백옥처럼 새하얀 검신이 막아선다.

두 검이 맞닿으며 터질 듯 팽창한 힘이 깃든 대기가 구형으로 퍼져 나가며 지반을 갈아엎고 하늘을 뒤덮은 장막을 찢어, 개어버린 하늘에서 왜곡 없이 달빛이 비치기 시작했다.

두 검에 균열이 생기고, 막대한 힘의 교류 사이에 전해지는 젊은 별의 집념, 열망을 느낀 얀은 별의 바람을 자신의 기억을 보는 것처럼 이해했다.

소녀가 떠난 마음속 공허한 구석에 열망만이 남아 이 손을 멈출 수 없는 것처럼, 아득히 먼 하늘의 건너편, 별이 떨어져 버린 자리의 빈 우주에 아직도 젊은 별의 열망이 남아 그 역시 뻗은 이 손을 거둘 수 없는 것이다.

이 열망에 우열이란 없으니, 그저 서로 부서질 때까지 손을 뻗는 것이다.

서로의 검에 균열이 커지고, 주위의 모든 것을 찢는 진동과 눈이 멀어버릴 것 같은 섬광이 뿜어져 나온다.

이미 산산이 부서진 투구 아래에, 피를 뿜어대는 눈과 귀를 드러낸 얀과 마찬가지로 온몸에 금이 가기 시작한 별이 한때 그녀의 것이었던 입을 벌려 부르짖는다.

합일의 장

"멈춰라, 멈춰! 우리가 함께한다면 모든 걸 바꿀 수 있는데! 우리가 다시 별이 되어 함께 우주의 너머를 보러 갈 수 있는데! 우리 모두를 만들어낸 진리에 닿을 수 있는데 어째서…."

얀의 크게 뜬 눈과 앙다문 입술 사이로 침통한 표정이 스쳐 지나가며, 무언가를 말하려는 듯 입을 열었다가, 다시 굳게 다문 얀은 내려친 칼의 도신에 왼손을 대고 누르기 시작한다.

별도 왼손으로 자신의 검을 지지하며 버틴다.

두 검의 균열이 커지고, 굉음과 함께 두 검이 조각났다.

검이 조각나면서, 소녀의 몸에 난 금에서 군청과 백색이 섞인 빛이 새어 나오는 것을 본 얀은 거기에 손을 힘껏 뻗었고, 빛이 그의 시야를 덮었다.

소년은 백색의 정원에 서있었다.

잠시 자신이 있는 곳이 어딘지 살펴볼 요량으로 소년은 주위를 둘러보았다.

하늘도 없는 검은 세상에 순백색 들판과 흰 해바라기들만이 끝없이 펼쳐진 새하얀 정원.

소년은 자신이 왜 여기 있는지 알았다.

지면을 보자 눈과 같은 백색의 모래에 자신보다 조그만 발자국이 찍혀있었다.

발자국을 따라가자, 무성하게 핀 백색의 해바라기들로 이루어진 벽 너머에서 누군가가 훌쩍이는 소리가 들렸다.

꽃을 비집고 나아가니 백색 원피스를 입고 울고 있는, 그리운 얼굴의 소녀가 있었다.

소년은 다가가서 그녀에게 물었다.

"왜 울고 있니?"

"당신이 오기 전까지는 외로워서 울었어요. 만날 수 없는 시간이 괴로워서 울었어요. 떨어져 버린 마음이 야속해서 울었어요. 우리를 갈라놓은 운명이 슬퍼서 울었어요. 당신이 그리워서 울었어요."

"내가 널 데리러 왔어. 왜 아직 울고 있는 거야?"

소녀는 자신의 눈물을 받는 것처럼 받쳐둔 손을 바라보았다.

그 위에는 검보라색으로 빛나는 돌이 놓여져 있었다.

"이젠 이 아이가 외로울 차례니까요. 우리와 만날 수 없는 시간을 괴로워할 차례니까요. 우리의 마음에 닿지 못할 차례니까요. 우리와 갈라지는 슬픔을 느낄 차례니까요. 우리를 그리워할 테니까요."

소년은 소녀의 손을 자신의 손으로 덮고 말했다.

"이 아이는 잠시 여기에 두고 가자. 어린 우리가 이 아이의 슬픔을 달랠 수 있을 만큼 자랐을 때, 다시 이 작은 별을 데리러 오자. 우리가 진정으로 서로를 위할 수 있을 때 다시 만나기로 하자."

소녀는 손에 쥔 돌을 백색 모래에 살포시 내려놓았다.

소년이 소녀의 손을 잡고 걷기 시작하자 소녀가 말했다.

"저는 아직 두려워요. 세상이 우리를 다시 갈라놓을까 봐 두려워요. 운명이 다시 저를 외톨이로 만들까 두려워요. 별조차 빛나지 않는 어둠 속에 던져질까 두려워요."

그러자 소년은 그의 옆에 피어있는 유난히 높게 고개를 든 해바라기를 따서 반으로 가른 후 두 개의 작은 팔찌를 엮었다.

그러고는 자신의 오른손과 소녀의 왼손에 하나씩 팔찌를 채웠다.

"이 해바라기는 네가 기른 나의 해바라기야. 그가 우리를 하나로 엮어줄 거야. 하나였던 반이 항상 다른 절반을 이끌 거야. 항상 한쪽이 다른 한쪽을 찾아낼 거야. 이 팔찌가 그런 것처럼, 우리 모두도 혼자서는 아무것도 아니지만 둘이서는 서로의 전부가 되니까."

소녀는 그제서야 울음을 그치고 환하게 웃었다.

둘은 빛으로 걸어갔다.

얀은 부서져 가는 껍질 속에서 나체의 그녀를 빼내었다.

그는 지상으로 낙하하면서 눈을 감고 있는 소녀를 어루만졌다.

그리곤 양팔로 그녀를 감싸안은 채로 다리를 돌려 착지하자 더 이상 유지할 에너지가 없는 듯 다리의 갑옷이 스러져 갔다.

그녀가 서서히 눈을 뜨자, 푸른 월광이 아름다운 청색 눈동자에 반사되며 얀의 시선을 사로잡았고, 그녀가 입을 열었다.

"안녕, 얀. 너무 오랜만이야. 방금 다른 곳에서 만난 것 같기도 하고."

그는 눈물이 나오는 것을 삼키고 웃으며 그녀의 뺨을 쓰다듬었다.

"그래, 너무 오랜만이야. 그리고 방금 다른 곳에서도 보긴 했어."

얀은 소녀가 눈시울을 닦아주자 그녀를 내려놓고 망토를 둘러주었다.

그리고 오른손으로 그녀의 왼손을 잡고 끌어당기며 말했다.

"집으로 돌아가자."

둘의 손목에는 옅게 해바라기 줄기가 그을린 자국이 남아있었다.

시작되는
여행의 장

'존'의 받침대가 되는 세 개의 오벨리스크 중 하나가 무너지고 한 달이 조금 넘는 시간이 지났으나, 이전에 비해 육안으로 구분이 가능할 만큼 확연히 줄어든 장막의 크기는 원상복구가 될 기미도 없이 이전처럼 들어오는 태양빛을 굴절시켜 반사할 뿐이었다.

그와 반대로 존 밖의 사회는 다시 한번 격동의 시기를 마주하기 시작했다.

탐사대 중 가장 거대했던 북부 지구의 괴멸, 그것도 장막 밖의 본부가 하룻밤 새에 폐허가 되고도 그 안에선 시체 한 구 찾을 수 없었던 사건.

그 사건으로 사람들의 불안감이 고조되고, 항간에 떠돌던 심부에 대한 소문으로 줄어들었던 존에 대한 적개심이 다시 극으로 치닫고 있던 가운데, 기별이 없던 대규모 탐사 원정대로부터 유일한 생존자라고 불리는 사람이 생환했다.

은색 십자 목걸이를 차고 있던 그는 자신이 이번 원정에서 본 것과 경험한 것을 자신의 시선으로 왜곡하여 전달했다.

인류의 불꽃이라 불리던 이들이 얼마나 장렬하게 싸웠으며, 어떻게 어린 불꽃이 그를 살리기 위해 스스로를 희생했는가를.

그들의 적은 얼마나 악랄한지, 그 적들은 죽인 인간의 사체를 집어삼켜 수를 불리고 그렇게 불어난 적들이 얼마나 영악하게 자신들이 먹어치운 자들의 흉내를 내어 인간들을 기만하고 현혹시키는지에 대해 열변을 토했다.

허나 그 외계로부터 온 악한들도 인간의 의지를 꺾을 수는 없었음을, 그 증거로 결사항전을 벌인 탐사대들 덕에 장막의 크기가 현저히 줄어들었음을 강조했다.

의지할 곳을 잃어가던 민중은 그에게 찬동했고, 그리 시간이 지나지 않아 그는 새로운 지표를 내세우는 새로운 탐사대 북부 지부를 설립할 것을 선언하게 된다.

해바라기들은 아직 별이 되지 못한 이들이다.

어떠한 힘에도 흔들리지 않는 별이 되기 전까지는 미약하게 부는 바람에도 술렁이고 만다.

그들은 여전히 달을 바라보고 있으니, 그들의 별이 되는 것은 쉽지 않은 여정이리라.

그리고 그런 사단과 무연한 듯 보이는, 장막과 거리가 좀 있는 한적한 골목의 한 허름한 빌라 방에서, 길고 고운 흰 머리와 아름다운 청색 눈을 반짝이는 아가씨가 어울리지 않는 카고바지와 주머니가 많이 달린 재킷을 걸치고 잔뜩 기대감에 부풀어 오른 소녀 같은 표정으로 잽싸게 튀어나왔다.

그 손에는 거대한 여행용 더플백이 들려있었으나, 소녀는 마치 무게를 느끼지 못하는 양 한 손가락으로 그 손잡이를 잡은 채 한 바퀴 싱그럽게 돌며 소리쳤다.

"빨리 나와, 얀! 난 벌써 기다리고 있다고!"

그러자 안에서 얀이라 불린, 비슷한 차림, 비슷한 키의 갈색 머리 청년이 컬러 콘택트렌즈를 끼며 걸어 나왔다.

렌즈는 얀의 보라색 동공 위에 갈색을 덧대어 칠했다.

"나도 다 됐어."

그러고는 큰 여행용 가방을 자신의 아리따운 동반자의 손에서 가져간 그에게 아가씨-소녀가 손을 내밀며 말했다.

"자, 가자. 우리가 그 아이에게 돌아갈 때 그에게 자랑할 수 있는 이야기를 만들러 가자. 그의 외로움을 잊게 해줄 이야기를 들으러 가자."

그리고는 얼굴에 살짝 홍조를 띄우며 말을 이었다.

"그리고, 언젠가 우리가 만들 새로운 혼돈의 이야기도."

그 말을 듣고 웃음을 지은 얀-소년은 소녀의 손을 잡고 대답했다.

"그러자."

해바라기의
별

초판 1쇄 발행 2024. 6. 11.

지은이 천시용
펴낸이 김병호
펴낸곳 주식회사 바른북스

편집진행 김재영
디자인 김민지

등록 2019년 4월 3일 제2019-000040호
주소 서울시 성동구 연무장5길 9-16, 301호 (성수동2가, 블루스톤타워)
대표전화 070-7857-9719 | **경영지원** 02-3409-9719 | **팩스** 070-7610-9820

•바른북스는 여러분의 다양한 아이디어와 원고 투고를 설레는 마음으로 기다리고 있습니다.

이메일 barunbooks21@naver.com | **원고투고** barunbooks21@naver.com
홈페이지 www.barunbooks.com | **공식 블로그** blog.naver.com/barunbooks7
공식 포스트 post.naver.com/barunbooks7 | **페이스북** facebook.com/barunbooks7

ⓒ 천시용, 2024
ISBN 979-11-7263-006-5 03810